有明島精神病棟の人々

江口慶一郎

櫂歌文庫

1

本当の事なのかどうかはよく分からないのですが、有明島にはどうも精神病棟のようなものがあるらしいのです。もちろん、誰がどんな目的で開設したのかよく分からず、また分かる必要もないのですが、とにかくすこぶる風変りな者たちが世界中のアチコチから集まってきて、一つの村というか共同体というか、それらしきものを作って住みついているのです。

島では特にコレと言ってする事もありませんし、食物（たべもの）にも不自由しませんので、皆いたって元気です。そうですねェ、ざあっと数えただけでも二、三十人ぐらい、毎日のんびりと好きな事をして暮らしています。多少の口論程度はありますが、まず喧嘩はありません。そんなエネルギーを使おうなんて気は誰にもないからです。

島の西斜面の中腹辺りに病棟らしきものがあります。と言っても、雨露をしのげるぐらいの建物で、少々立派目の掘建小屋といったところでしょうか。木造二階建てが三棟ほど横一列に並んでいるのですが、誰が付けたのかそれらには名前があって、

無明堂

幻夢館

極楽荘

で、いかにも意味深な名ですが、実際は大した意味も無いことは追々分かってきます。それぞれの棟に入居している人物とプラスα――というのは人間でないのも居りますから――を紹介しておきましょう。

無明堂

（二階）

イエス	モロイ1)	マゾッホ2)	イブン＝バツウータ3)	雪之丞	ポランスキー

（一階）

〔堂主〕ブッダ	信仰室	洗面所

まず極楽荘の一階には……、と書き始めていくと長くなってしまいますので図示しましょう。その方が一目瞭然ですから。

上図のようなのですが、やはり多少の説明は必要でしょう。

(1)まず、各棟には代表者と思しき者が一人ずつ。自称ブッダ、熊の三太夫（これは本当に熊です）、それにガリ博士の三人です。

幻夢館

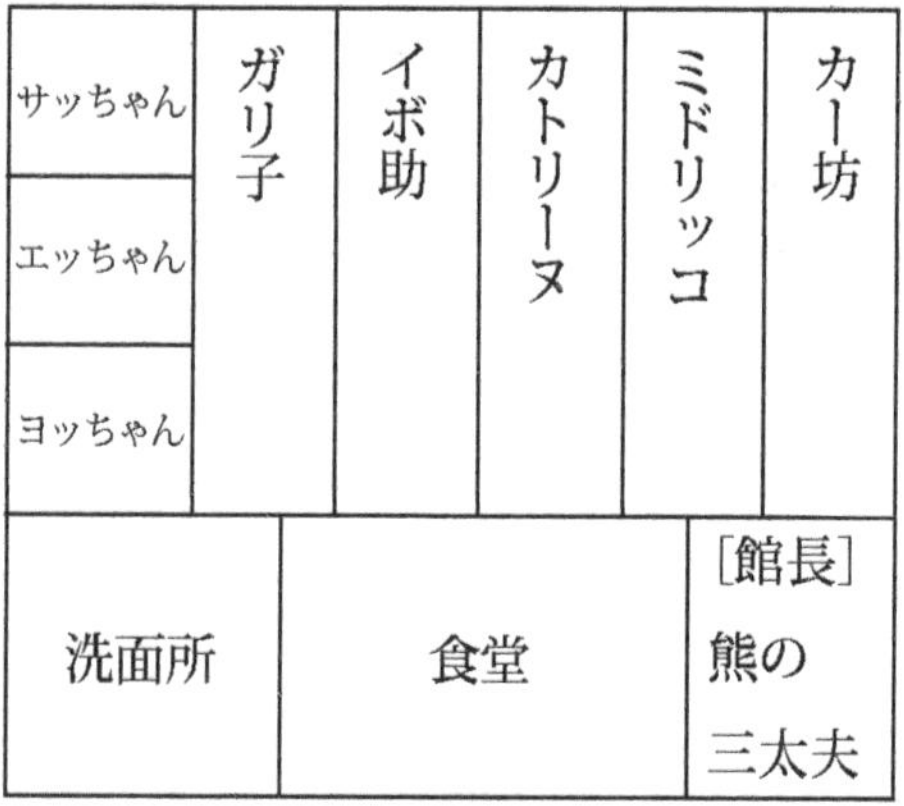

サッちゃん	ガリ子	イボ助	カトリーヌ	ミドリッコ	カー坊
エッちゃん					
ヨッちゃん					

洗面所	食堂	[館長]熊の三太夫

(2)幻夢館の食堂、それに無明堂の信仰室（なんでそんなものがあるのかと変に思う方もいらっしゃるでしょうが、何と言っても世界中からいろんな人間が集まってきてるわけですから、慰み程度に置いているのでしょう）は全棟の者が利用します。もっとも、ほとんどの者が一日に一食程度、食べる時間もまちまちなのですが。食事の用意その他はサッちゃん、エッちゃん、ヨッちゃんの三人が担当しますが、何せ小食の者ばかり、ちっとも忙しくはありません。

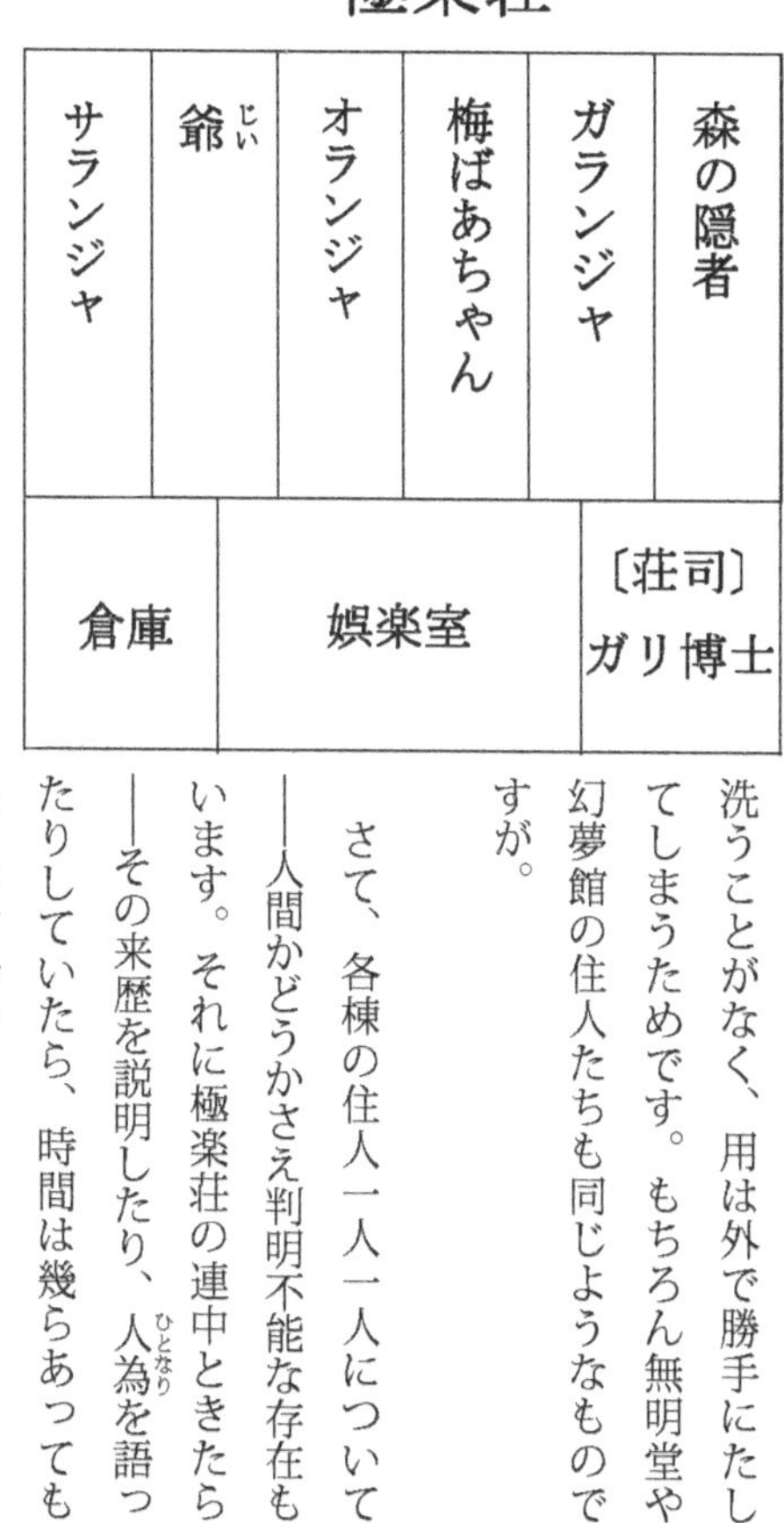

(3)極楽荘には洗面所がありませんが、それはここの住人たちはめったに顔を洗うことがなく、用は外で勝手にたしてしまうためです。もちろん無明堂や幻夢館の住人たちも同じようなものですが。

さて、各棟の住人一人一人について――人間かどうかさえ判明不能な存在もいます。それに極楽荘の連中ときたら――その来歴を説明したり、人為を語ったりしていたら、時間は幾らあっても足りませんし……

アッハ！

どれだけ時間があればいいというのだろう。そんなもの無限にあるかもしれないし、ほんのわずかしか残っていないかもしれない。だいいち誰にとっての時間なのか？　そもそも時間というものは誰かの所有物なのか？　そうだとすれば一人一人が持っている時間の長さや量は違っているのか？　しかしそうなれば、決して同じ一時間は無いことに、つまり無限数の一時間が存在することになって、Aの一時間はBの一生涯に相当し、Bの一時間＝一生涯は蟻の一歩にしか当たらぬかもしれぬし、その蟻の一歩はまた土星の公転周期と同じだったりして。要するに、時間が足りぬとか余るとか言える権利は人間にも生物にも無いわけで。

だから、まあ、住人それぞれについて説明の必要があればすればいいし、不要であればわざわざ説明する事もないわけで、いつ、何時（なんどき）、必要－不要の判断をするかは、これまた不明なのだから、どこからか聴こえてくるに違いない声に耳を傾ける他はない。

声？何だ、それは？　いったい誰の耳に響いて来るのか？　いや、この世界に未だ誰かが存在する間は声など訪れないのだ。

それにしてもどうして我々はいつも誰かであらねばならないのだろう。〈私〉は別に〈あなた〉や〈彼〉であってもいいわけだし、それ以前にワタシと呟かないのが一番だ。それでは書き手という存在は？　簡単な話さ。書き手のようなものがいる間は言葉は常に不純なのだ。言葉を駆使する書き手？　そんなもの犬にでも喰われてしまうがいい。オット、熊（の三太夫）はいるが犬はいなかったか。その代わりガリ子というのが幻夢館にいたから、それこそガリッと噛み砕いてもらうか。

えっ、何？

「わたしは乙女（おとめ）よ」（とは、おそらくガリ子本人）

そ、そんなバカな！　乙女なんぞ有明島にいるはずがない。どうせ梅ばあちゃんの類（たぐい）だろうさ。

「『梅ばあちゃんの類だろうさ』なんて言い草は当人の梅ばあちゃんに失礼至極」

と、しゃしゃり出て来たるは森の隠者。この隠者、ちゃんと極楽荘に自分の部屋をもらっているのに何故か森にばかり隠（こも）っている。で、以下はその隠者による語り。

「梅ばあちゃんは、元はと言えば高貴な出自、今でこそ梅ばあちゃんではあるけれど、その前は中年、その更に前は妙齢の女性、その『更に前』の前は妙齢に至る前の若い処女、美人だったかはともかく、その〔『更に前』の前〕の前は天翔ける少女？　その前の前の前の前の……、えいっ、誕まれてなかったに決まっておるではないか。しかし不思議なものだ。誰だって一番最初のその前は誕まれてなかったのだから。これについて、つまり人間の由来について上手く説明かつ叙述できれば、人間については何もかもが、いや半分くらいは解明できるかもしれん。おっと、梅ばあちゃんのことだった。

彼女はこの島では最古参の女性（にょしょう）、かく言うワシも最古参の一人、そのせいか、いつの間にか大抵の事に横着になってしまい、ナアニ、適当に喋っておけば充分、他人（ひと）の話もいい加減に聞いておけば事足りる、だから《梅ばあちゃんは高貴な出自》という事にしておこうと、二人で示し合わせただけ。その方が愉快という至極単純な理由から。

だが、よおく考えてみれば、いやいや、よおく考えぬ方が良いに決まっておるから、この有明島では住人の出自や来歴などどうでも良い。まっ、そういう事情（わけ）だ」

2

ハア〜イ、ここでブッダ登〜場〜っと、ブッダ自身が。

「もう一回、ハァ〜イ。ワタシ、ワタシこそかの高名なブッダであります。ほれ、あのインドの山奥出身で、悟達してからは世界中に知られることになったブッダ、あのブッダでありますゾ。どうして、今、ココに飛び出してきたのか？そもそも何故ワタシが有明島ごときに住んでいるのか？　それを語れば話が長～くなりますので、目下の所それについては省略させて頂くことにして、とにかく今は無明堂の主人でありまして、もちろんこの無明堂というのもワタシの命名でしてね、ハイ。

フン、極楽荘の間抜けどもが。あそこの連中ときたらどいつもこいつも全くの脳天気ときてる。特にガリ博士なる阿呆はどう仕様もない。あの阿呆は、オットトト、自分の事を話すのを忘れかけておった。そっちに戻らなくては。

まずじゃ、ワタシの住居（すまい）が何故無明堂なのか、次に無明の意味とは何か、この二点について誰にも邪魔されず蘊蓄（うんちく）を傾けたいのじゃ。よいか、耳の穴をかっぽじって、よおく心を集中し、妄見・妄覚・妄語を捨て、正直・正覚・正語を忘れず、もちろん禅定の境に入り、印形を結んだまま心の外も内も覚知で満たし、わずかに流れる風の駆けりの中に黙入し、その流れに乗り、乗ってしまったら乗った事は忘れ、忘れたらその忘れた事も忘れ、そうして何も忘れてないのと同じ状態に戻り、忘れずして忘れ、忘れたまま表象を許諾し、何事も一歩たりとも進んでいない状況を受け容れ、そして再た問うのじゃ、「無明とはこれ」と。ほれっ、問いは問うた瞬間からもう問いとして脱落しておるのじゃ。つまり問いは無いのだ。よって答もない。

　ハッハ、どうじゃ、アッという間に解決したじゃろう？　まあ、ざっとこんなもんでな。よいか、あらゆる問いなるものはな、問いとして立てられた瞬間からすでに崩壊しはじめているのだ。というのは、問いは必ず名辞とその組み合わせによって構成され、その構成された表現に別の構成された表現を当てて答としているのだが、これでは問いを無限に並べていくこと、あるいは答を無限に並べて行くことにしか過ぎず、問いといいその答といい極めて便宜的な誤魔化し、永遠に分かろうはずもない最終的答らしきものの先送りであって、仮にそれが明らかになることがあってもその時はもうこの世には、いや、あの世にも人間はおらんじゃろう——極楽荘にはオランジャという美男がおるがな——人間の立てる問いと人間の出す答などは、いつになっても人間とその世界の中でグルグルと循環しているだけであって、実にいい加減なものじゃ。そこでだ、無意味と言っても、そもそも意味自体が無意味な代物なのだから、無意味も成り立ちようがない。要するにじゃ、意味にしろ無意味にしろ、それらは言葉の上だけの戯れに過ぎぬのだ。オッホ」

さて、ブッダと同じ無明堂にいるイエスを紹介しないのは不公平というものでしょう。ただ、イエスという名だからといって、かのガリラヤのイエス＝キリストであるかどうかははっきりしません。ブッダにしても自分でそう称しているだけでその証拠は全くなく、もともと無明堂の住人たちは名前などそれこそ無明と言った方が良いぐらいで、本人が自分のことをイエスと言えばイエス（ノウと言えばノウ）、ブッダと言えばブッダ、雪之丞と言えば雪之丞、ポランスキーと言えばポランスキー、亡命ロシア人みたいに言えばやっぱりポランスキー、ポランスキーがニジンスキーになってもカンディンスキーになってもちっとも構わず、誰も他人の名前など気にしません、かと言って、有明島役場で戸籍を調べようなんて……有明島役場？そんなものありゃせんワナ。

この二人、所詮は同じ穴のムジナ、一方はイスラエルのホームレス、他方はインドのホームレス、どうしてだか生涯人間教を説きまくりました。ひょっとしたら、歴史の野蛮に一旦ケリをつけるために当事の歴史家たちがそういう純な魂（？）を設定してみただけかもしれません。論より証拠、歴史はいつになっても野蛮から抜け出せないのか、次から次へと新たなイエスやブッダが登場する始末です。もっとも、その方が歴史の野蛮に呑まれていく人間たちには救いなのでしょうが。

嘘でもいい、何か自分たちよりももっと単純で哀れな存在が居た方が、気持ちが楽になっていいと感じたのに違いありません。

「ホラッ、俺よりもっと阿呆がいるぞ」

「俺より気の毒な奴がいるぞ」

「俺より貧乏たらしい男がいるぞ」

「私より汚い人がいるわ」

「私よりもてない人がいるわ」

「僕より痩せたおじさんがいるぞ」

「私より……」

「僕より……」

「俺より……」

　こういう風にして二人は超人気者になっていったに違いありません。鈍重なカリスマ、陽気な饒舌家、憂い顔の情熱家、先を急がない旅人、決して病に倒れることのない少食家、そして人間を否定するホームレスの元祖。

　インドに降るモンスーンの雨がイスラエルを潤し、イスラエルの乾いた風が菩提樹（ぼだいじゅ）の枝々を揺らす。死海にヒマラヤの雪が融け、ガンジスの氾濫がカナンの地を浸す。歎きの壁の垂直の面にアビダルマは彫られ、カトマンズの高地に最初の教会が建てられる。シオンの花嫁たちはパゴダの下に集い[4]………

この二人の対話。

イエス「ワタシはひたすらに神の子であって……」

ブッダ「何だ、その神とやらは？　ひょっとしてインドラ神[5]のことか？ありゃあ、単なる天の形象だ」

イエス「インドラ？　愚かな。そんなアホンダラなどワタシの弟子たちにもいない。神だ。アナタは天にましますを、何人(なんぴと)の心の中にも住まう神を知らないのか？」

ブッダ「地の上にも下にも何も存在せぬワイ。それに心の中とか言ったようだが、オヌシも頭が悪いのう。心だって？　おかしくてヒンズーも腹を抱えるワイ」

イエス「心の清き者は幸いなるかな。アナタは時々不可解なことを言う。ヒンズーとかいけずーとか、どうもワタシには……」

ブッダ「オヌシこそ奇異なことを言うではないか。神が何とかかんとかかと。そんなモノがないとやっていけぬのか？」

イエス「そ、そ、そんなモノとは随分乱暴ではないか。たとえアナタが神を知らないとしても、だからと言って神が存在せぬことにはならないはずだ。だいいち現に神を信じる多くの人間が生きている。アナタが由の分からぬ屁理屈を捏ね上げてみても無駄な抵抗というもの」

ブッダ「屁理屈を垂れ流しているのはオヌシの方だ」

イエス「神を信じないというのですか、アナタは？」

ブッダ「信じるも信じないも、どうして信じる何かが必要なのかさっぱり分からん」

イエス「不信仰はその人間を滅ぼしますよ」

ブッダ「人間だって？　オヌシはまだ人間に係わりがあるのか？
　ヘェー、御苦労なことだ、全く」
イエス「この地は人間に満ちているではないか」
ブッダ「またまたそんな出鱈目を。この島には、いいか、オヌシも今居
　るこの島には人間なんてちっとも居らんのだがな」
イエス「何を言う。この島は幽明の境を彷徨う人々ばかりだ」
ブッダ「何の境だって？」
イエス「幽明、つまり人間でもなく動物でもなく、はたまた天使でもな
　く……」
ブッダ「結構なことじゃないか。人間？　そんなモノはとっくにどこか
　へ去ってしまったワイ。動物？　あいつらはいつだって可愛い
　ときてる。天使？　そんなモノには一度も会ったことがない」
イエス「アナタは神のみならず人間も否定するのか？」
ブッダ「信仰とか否定とか、オヌシの話はどうも偏っとるなあ。どっち

だって構わぬではないか。」

イエス「アナタには存在の支柱は不要なのか？」

ブッダ「それそれ。そういった堅苦しい言い方しか出来んのか？　もっと気楽に語ればよいではないか。どうもオヌシと話していると肩が凝っていかん」

イエス「アナタの話には全く中心というものがない。ワタシはアナタのどこに向かって言葉を発すればいいのか？」

ブッダ「だからな、その中心とやらがうっとうしいのだ。別段二人して円周上で駆けっこしてるわけじゃあるまいし」

イエス「では、アナタは何の為に語を継ぐのです？」

ブッダ「ほう、今度は『語を継ぐ』と来たか。これまた仲々いかした表現じゃのう。要するに何の為に喋るのかっていう事なんであろう？」

イエス「その通り」

ブッダ「そりゃあ、簡単明瞭だ」

イエス「何です？」
ブッダ「今はオヌシと喋るためじゃ」
イエス「どうしてワタシに向かって話すのです？」
ブッダ「これまた超簡単。オヌシが目の前に居るから」
イエス「それは話す契機であって目的ではないはず。たとえ相手がワタシではなくともアナタは語を継ぐはずです。だから、相手とは関係なく何の為にアナタは話それ自体をするのですかということです」
ブッダ「誰とでも話ぐらいするワイ。オヌシみたいにいちいちその目的なんぞ考えることなくナ」
イエス「目的なく、また意味なく話すというのですネ、アナタは？」
ブッダ「そうじゃ。何がおかしい？」
イエス「おかしいというよりは退廃でしかない」
ブッダ「退廃？また説教か。けどな、どうしてもその言葉を使うとすれば、アンタこそその元締めではないのか？」

イエス「ワタシは死からさえも甦った者、再臨した者」

ブッダ「サイリン？」

イエス「一旦死んだ後、人々の信仰をより強固なものとするために再び地（ち）に戻ってくることです。どうです、アナタにはそんな超離れ技（わざ）ができますか？」

ブッダ「できるもできないも、一度死んだらそのままの方がよいではないか。わざわざもう一回生きかえる必要など無い気がするがのう。二度も三度も生きるんじゃ堪まったもんじゃない。どうもオヌシは複雑な事が好きらしい。それが趣味なのかな？」

イエス「アナタはワタシを馬鹿にしてませんか？」

ブッダ「そう興奮するでないて」

イエス「アナタには信仰が無い」

ブッダ「そんなもん無い方がいいに決まってる」

イエス「信仰の無い者はこの世を生きる支柱を持てない。つまり生きる意味が無い」
ブッダ「何でオヌシに言われなくちゃならんのだ。意味の有無などどうでもよかろう。それより、オヌシの話は聞いていて随分疲れる。もう少し肩の力を抜いたらどうだ？」
イエス「それではワタシがこの世界に居る意義がない」
ブッダ「この世界と言ったって、ココは有明島だぞ。遠い遠い孤島だぞ。たぶん極楽の島だぞ。オヌシみたいに喋くり回ったところで何の益がある？」
イエス「ワタシはここで待機しているだけ」
ブッダ「フーン、で、どうやってこの島から出て行くつもりなんだ？」
イエス「海の上を歩いていくのです」
ブッダ「へーェ、そんなことができるのか、オヌシには？」
イエス「神の御導きによれば何だって可能です」

ブッダ「ホイきた、またきた、神ときた……」

とまあ、いつになってもこんな風(ふう)です。

3

幻夢館はもう個性派ぞろいです。何といっても館長が熊の三太夫であって人間ではないこと、それにきれいな女性たち。まずはカトリーヌ（故郷はもちろんフランスでしょう）、次にサッちゃん、エッちゃん、ヨッちゃんなる三人娘、さらにガリ子というきれいではないけれど烈(はげ)しい性格の少女。（どういう風に烈しいのかやがて分かる時が来るでしょう）カー坊というのは十才ぐらいのいつもランニングシャツ姿の男の子。最後にミドリッコという人間かどうかは定かではない存在。おっと、イボ助の

ことを忘れていました。

※二人（？）が盟友たる因縁はというと、遙か昔、ずっとずっと遠い昔、といっても地球が誕まれてからはずっと後の頃、北半球のある暖かい大陸の、これまたホンワカとした山間部、その一つにさまざまな動物が暮らしている熊チン山という山があって、そこのリーダー格が熊の三太夫でして、すぐ東にあるイノシシばかりが住む山のボスがイボ助でした。二つの山の間では何が原因だか何年にも及んで戦闘というか喧嘩というか、とはいえほとんど遊びなのですが、まっ、そんな関係があって、三太夫とイボ助はそれ以来盟友なのでした。二人（ふたりという事にしておきましょう）の違いは、一言で言ってしまえば三太夫が冷静沈着な賢者型であるのに対し、イボ助の方はその真反対、つまりオッチョコチョイで陽気な脳天

気。そのせいか熊チン山とイボシシ岳の戦いではたいてい熊チン山側が勝っていましたが、作戦の面ではイボ助の方が豪華絢爛たるもので、その詳細についてはここでは紹介できませんので、興味のある方は世界の迷著シリーズの中の一冊『新世紀サーカス～熊チン山騒動記』を是非御一読下さい。この本には有明島への優待チケットもおまけで付いていますから、楽しみが二倍というものです。

さてさて、カトリーヌこそ幻夢館の、いや有明島の最後の肉の花園、有明島民のそれこそ幻夢へでありまして、かのイエスでさえ彼女の前ではその能弁が消えてしまうほど。いつぞやは、

「おお、肉の花の美しさよ、罪なる香よ」

なんてやってましたが、それを聞いた三人娘の一人サッちゃんは

「何よエロ爺」また三太夫が、

「人間だって動物だって匂のいい雌が最高さ」と言うと、

「オラの母ちゃんの若い時にそっくりだ」とイボ助。

「母ちゃんの顔にか、スタイルにか、それとも色香にか？」

「そうだなあ、肌のスベスベしたところなんかがさ」

「おまえ、いつカトリーヌの身体に触ったんだ？」

「いんやさ、オラの夢によくカトリーヌが出てきて……」

それより肝腎のカトリーヌなのですが、フランスは南方のプロヴァンスの出身、そのせいかどうかイタリア女に似た豊満な肢体、けれど瞳は涼し気なマリン・ブルー、厚くはない薄紅色の唇の上には細くとがった鼻、頬は透明な潤いを湛えまるで春の朝の冷気に映えるよう、淡い金髪の巻毛のかかった耳は……、フーム、しかしこれじゃあ、バルザック[6]大先生描くところの女主人公のよう。何もカトリーヌがフランス出身だからといって美麗な存在に仮構する必要など全く無いのに、ついつい不運を託つ美貌の貴婦人みたいに想像してしまった。

　下手な想像は止めにして、彼女にホの字のガリ博士に訊いてみよう。インタビュアーは三太夫。


「博士(はかせ)、博士はカトリーヌにぞっこんなんでしょう？」

「ナ、ナ、何を言う三太夫。ワシは決してそんな不埒な男ではない。と言いたいが、まっ、ちとばかしな」

「素直に言えばいいのに。照れ臭いんですか？　もしそうなら如何にも博士らしくありませんね」

「いや、おまえはきっとワシがカトリーヌに恋しているとでも思ってるんじゃろう？　それは誤解というもんじゃ」

「エッ、違うんですか？」

「違うも違うのコンコンチキ。大間違いじゃ。」

「けど、さっきボクがぞっこんなんでしょうと尋ねたら、ちとばかしなとおっしゃったじゃありませんか」

「そうじゃ、ぞっこんじゃよ」

「それなら……」

「三太夫、ワシはカトリーヌがどんな女なのか知らぬ。が、あの肉体にはぞっこんなのじゃ。おまえ、どう思う？　女からその肉体を除いたら、ましてあの白く透明な肢体（からだ）じゃ、何が残る？　何も残るまいて。じゃによって……」

「博士、それは少し問題発言では？」

「何の何の、ちっとも。この地上の生物（いきもの）はすべからく肉の固まり。ならば美しい肉であってこそ健全というものじゃ。それにここは有明島、乱痴気の島だぞ」

「よく分かったような分からないような」

「それならそれで構わぬ。別にワシの高説をブチマケたいわけじゃないしの。どうじゃ、三太夫、おまえだってカトリーヌの肢体に触ってみたいじゃろ？」

「それはもちろん……ナッ、ナ、何を言わせるのです博士、ボクは別にそんな……」

「ウッヒヒヒヒ……、三太夫、下半身が妙に落ち着きがないのう。どうした？」

「いえ、ボクは何も……エッ、下半身ですって？」

「そうじゃ、自分でよおく見るんじゃやな。おまえ、変な想像でもしておるんじゃやないのか？　カトリーヌの……ウェッヘヘ、その何じゃよ……」

「博士、いい加減にして下さいよ。極楽荘の品位が下がりますよ」

「何をバカな。もともと高くないのじゃから下がりようもあるまいて。おまえも極楽荘のメンバーのことは知っておるじゃやないか」

「だって博士は一応は極楽荘の責任者じゃありませんか」

「そうじゃよ。だからな、ワシが代表なんじゃから他のメンバーについては推して知るべしじゃ。ガランジャ、オランジャ、サランジャはワシの直弟子、爺と隠者は古くからの知己、梅ばあちゃんはと言えば、有明島の陽気な老木。

唯一人、人間らしい者などおらん。皆、有明島の一木一草。空を眺めてはキャハーッ、海に向かってはホッチマゲー、互いの顔を見合ってはチョングルチョングル、これが本当の極楽、その大将がワシ」

「博士、分かりました分かりました。で、カトリーヌの件はどうなったんで？」

「ワシとカトリーヌの関係についてはミドリッコに訊いてみろ」

「関係って、博士、もうすでにカトリーヌと……？」

「下司（げす）の勘繰りじゃのう。よいからミドリッコに訊いてみるんじゃの」


で、そのミドリッコですが、今は幻夢館には居ません。おそらく有明島にも居ないようです。いつも世界中を飛び回っているので、島に居ない時の方が多いのです。そのせいか、三太夫を初め誰もミドリッコの存在は気に留めてないようなのです。といって、居たら居たでまた誰も気に掛けませんから、さあ、どういったら良いやら、そのうち帰って来るでしょうから、紹介はその時にするとして、誰か別の島民、そうですねぇ、カー坊の話でもしておきましょう。

4

カー坊は、すでに六才の時には有明島のアチコチをほっつき歩いていました。右手にはいつも自分の身長よりちょっとばかし短い木ノ枝を持って、地面を突っついたり、木ノ実にハシッとばかり打ちかけたり、クルクルと回したりしながら、島中を放浪していました。島はなだらかな斜面と草地、いくつかの森もあって、陽光(ひざし)もよく当たり、放浪と言ったってたいして難儀することはありません。何と言うか、カー坊自身の存在がこの世の迷子のようなものですから、どうして今さら心配の必要がありましょう。で、そのカー坊と言う名は、本人のラン

ニングシャツに縫い込んであったので、自然皆がそう呼ぶようになったのです。カー坊は一年中紺色の半ズボンと白のランニングシャツ姿です。それでも何故だか上下ともあまり汚れていません。いつもニコニコして誰に対しても愛想が良く、決して怒ったことなどありません。ただ、まだ少年だというのに頭にはたくさんの白髪があり、これだけがちょっと異様な感じを与えました。よけいな話はしませんが、空や樹、鳥や動物たちへはよく語りかけ、天気のいい空が澄み渡った日など、

「蒼いなあ、蒼いなあ、ずうっとずーっと蒼いなあ」

と空へ呟いていますし、いつも通る山道沿いにある椎ノ木の上の方の枝や葉が風に揺れない日は、

「なあーんだ、どうしたんだい？　元気がないじゃないか」

森の中を抜ける時、鳥たちがあまりかしましいと、

「ほうら、皆(みん)な、一度(いっぺん)に喋っちゃ分からないだろう。シジュウカラ君から順番に。そしてモズ君は最後だよ」

とかで、決して退屈することはありません。

ある日、偶然梅ばあちゃんと出会ったことがありました。

「あんや、カー坊か。メシは食ったが？　おまえ、日もすがら山ん中を歩き回っとって、ようも飽きんもんじゃ。ばあが梅干しを一つあげるによって、舐めんしゃい」

と、汚い袋の中から梅干しを一つ取り出しました。

「それ、酸っぱくて嫌だ」

「また、そげん事を言う」

「茱萸を食うからいいよ」

「茱萸ってか？　あんなもん……」

「甘くて美味しいよ。ばあにも採ってきてあげるよ」

「え々んだ。おらあ、梅干しが一番だて」

たったこれだけのやりとりでしたが。

　そのカー坊、今日も森沿いの道をフラフラ歩いています。何故だか今日は左手に例の棒きれを持って、足下の雑草をたたきながら時折り森の奥の方を覗き込んでいます。

　この森、〈隠者の森〉と呼ばれています。その名の由来は、極楽荘の隠者がいつも森の深い所で口称念仏のようなものを唸っているからです。たいてい周囲の樹々も聴き入っています。丸坊主の隠者が大きな切り株の上で三昧の境に耽っているのです。ただし、本当に無念無想かどうか、かなり怪しいのですが。まっ、とにかく隠者は隠者です。

　カー坊、ニコニコしながら森の奥へと入っていき、途中樫ノ木の下まで来ました。

「じっちゃ、は何の歌を歌ってるんだろう？」

「あれか？」（と樫ノ木が応えます）「あれなら極楽荘の隠者じゃないか」

「フーン、きっと何か楽しいことが有るんだね」

「またどうして？」

「だって踊ってるようだもの」

「おまえにはそう見えるのかな……」

「歌を歌ってるのかい？」

「そうとも言えるな」

「それに一人じゃないよ」

「そんなことはないだろう。隠者はいつも一人でブツブツやってるから」

「たくさんいるよ」

「おまえ、何か別のものを見てるんじゃないのか？」

「たくさんのじっちゃが踊ってるんだよ」

「さっきからおまえ、歌うとか踊るとか言ってるが、そんならきっと森の妖精か幽霊だろう。ウァッハハハ……」

「でも……」

「あのな、俺は毎日のように隠者を見てるから知ってるんだが、隠者つまりじっちゃはな、スゥーッと体を浮かせる訓練をしてるんだ」

「そうさ、フワフワと浮いたじっちゃがたくさんいるんだ。タンポポみたいに」

「えっ、本当か？　本当に浮いているのか？」

　樫ノ木がその大きな体を曲げて森の底の方を見ると、そうです、確かに無数のタンポポが、もう数え切れないぐらいフワフワと漂っているではありませんか。ほとんど透明に近い色をして、森の中のアッチにもコッチにも浮かんでいるではありませんか。樫ノ木は自分があまりにも背が高く、タンポポが、いや、タンポポのような花びらなのですが、それが透明なために、よく見えなかったのです。その点、カー坊は自分の周囲にたくさん浮いているもの（カー坊の言葉ではじっちゃ）が、よおく見えたのです。

　カー坊がタンポポのような花びらをじっちゃと呼んだのにはそれなりの事情があって、それは隠者と同じような顔をしたじっちゃたちが、タンポポの花びらに映っていて、森の中のそこら中を、その顔たちが

アッチへコッチへ、ソッチへアッチへ、
上へ下へ、左へ右へ、斜め上へ斜め下へ、
クルッルと回って
またアッチへコッチへ、いろんな方向へ、
気ままに浮いては流れ、
流れてみては止まり、
止まると見せかけて舞い上がり、
やんわりと下りてきたりもし、
地面すれすれに一直線に駆けていったり、
クルクルと回転してみたり、
ぴたっと静止してその後上へ上へと昇っていったり、
樹の枝に座ったり、
葉っぱの裏側に隠れたり、
カー坊をくすぐったり、

樫ノ木の頂上（てっぺん）で笑ってみたり……、
もうテンヤワンヤと表現したいぐらいですが、
それどころかとても静かに落ち着いて、
踊るように、跳るように、スキップするように、
お尻をプリプリと振るように、
一本の光の線のように、
気の抜けた谺のように、
何か小声で歌うように、
時々は囁（ささや）くように、
ちょっとばかし唸るように、
お清（す）ましを決め込んだように、
耳をプルプルンと震わせてみたり、
鼻の穴を拡げたり……
そんなじっちゃやたちなのです。

カー坊が「何してるんだい？」と声を掛けると、これまたアッチからもコッチからも、

「遊んでるのさ」

「まあ、ちょっとした気分転換をね」

「友だちに会いに行くところ」

「放浪のつもりなんだが」

「なあに、ただの深呼吸でさあ」

「別れた恋人を探してね」

「どこか故郷があるかもしれないから」

「過去を探しにね」

「未来を消すために」

「生死を捨てるためじゃ」

「重力を揶揄（からか）ってやろうと思って」

「カー坊とやらと遊びたくて」

「サー坊やター坊にも会ってみたいから」
「ハンプティ＝ダンプティを見つけにさ」
「バラモンの修業を見学しようと思って」
「裸のシヴァの女王を覗き見したくて」
「夢と現(うつつ)の間を行ったり来たりしたくてね」
「阿呆陀羅念仏のためにじゃ」
「真夏の青空へ向けて一発の屁をかましたくて」
「カトリーヌのな、胸に乗ろうと思って、ヒヒヒヒ……」
「隠者に、お前は何もせんでイ、イ、イ、インジャ、と言いたくて」
「いろいろ思うことをそのN乗分だけまた思いたくて」
「三太夫の尻(けつ)の穴の直径を測っておこうと思って」
「サランジャさんの寝顔を見たくて」
「マゾッホが一番好きな絹地はどんなのかなあと気になったもので」
「ボク、ゴッホの霊、ゴーギャンの野郎、野生の美なんか信じてなかったくせに」

「ポランスキーはどうして厳冬のバイカル湖で泳いでいたのか？　そして、どうして有明島に来たのか？」

「エッちゃんの下着の色は何だろう？」

「イブン＝バツゥータの異聞について……」

「モロイはどうして溝（みぞ）なんかに落ちたのか知りたくて。」

「爺が好きなのは緑茶かコブ茶か？」

「そもそも有明島の正確な位置は？」

「どうしてたくさんの人間が誕まれ、そして死んでいくのだろう？」

「サッちゃんのわきがについて」

「ガリ博士の壮大な知とこれまた壮大な痴について」

「ダヴィデ像の陰茎の長さについて」

「節度も限界（きり）もない言葉について」

と、まあ、ワイワイガヤガヤ、ペチャクチャベチャグチャ、キンキンガンガン、カンカンガクガク、ブリブリポロポロ、ピーチクパーチク、我ケまま勝手に、我先（われさき）に、「ワタシよ」、「いいえワタシよ」、「ワシだろうが」、「僕さ」、「君から」、「誰から？」とやらかすもんですから、まとまりなんかありません。収拾なんかつきません。

樫ノ木はアキれて笑っているばかり。

隠者はただ、それでイ丶イ丶ンジャイ丶イ丶ンジャ丶、と繰り返しているばかり。

カー坊はと言えば、もう嬉しいことこの上ないといった様子。

5

ところで、有明島で最も寡黙な男と言えば無明堂のモ

ロイです。ほとんど喋りませんからどこの出身かもはっきりしませんが、どうも北方の国の人間らしいとのこと。ガリ博士も「好きなようにやるのが一番」という方針ですから、モロイが何を話さなくても、また気分が変わって話をしても、「それは本人の勝手じゃ」と言うだけです。無口のせいで一日中横になっていることが多く、いや、横になっていることが多いから無口なのかもしれませんが、食事ですらあまり摂りません。けれど、何が原因かはよく分かりませんが、無限に喋り続ける日もあります。

よく晴れた天気の良い日、有明山の北斜面の記憶ケ原に一人座って、空と海に向かって語りかけているようでいて、実は空や海なんか全然見ていなくて、どこに向かってかはさっぱり分からないまま、とにかく呟き続けているのです。乾いた低い声、内に込もるような聴きづらい声で、ガサガサに荒れた頰の谷底にある唇から唸るように、自分で自分の声を殺すように、何か複雑な想念を整理する風ではなく、かと言って断片的な物言いというわけでもなく、また溜まりに溜まった感情を吐き出す風でもなく、当然怒りや悲しみなどではさらさらなく、不自然な仕草混じりに、というのは不規則にゆっくりと手が上げ下げされたり回されたりしているからで、時として首を右に90度、左に90度とカクンカクン動かしたりで、仕草と呟きとの間には何の脈絡もなく、本人も自分の動作を意識している様子はなく、短く刈られた髪の毛はどれも垂直に立ったまま、脚はと言えば力なく草の上に投げ出され、硬く小さな尻だけで座って、充血した眼を時折り薄く閉じたり、反対に五分間ぐらいは大きく見開いたままであったり、額に左手人指し指の爪で線のようなものを引いたり、引いたことを後悔するような顔つきをしてみたりで、もし誰かがそんな様子を見ていたとしても、本人のモロイは全く気にならず、それと言うのも自分の近くに誰か他人がいてもまるでその辺の草や石ころと同じ、やっぱりモロイ本人は額に線を引いたり首をカクンカクンと動かしたりで、相も変わらず呟いている。

そんなモロイです。

モロイは、ある日の午後、次のように喋っていました。

ここに在るたった一つの石ころだって、意味を持っているに違いない。だって俺に見られなかったら、この石ころはもう石ころでもなんでもないからで、俺とは関係なく石ころが石ころであるはずがない。俺以外の者がもしこの同じ石ころを見たとすれば……、しかしどうしてそいつも石ころに気附くなんてことが分かる？　そいつは全然気にも掛けないかもしれない。それでも石ころはやっぱり石ころだなんて言えるだろうか？　石ころは自分だけで自分のことを石ころと証明できるだろうか？ できやしない。俺がモロイであることを自分では証明できないようにな。じゃあ、誰が石ころや俺を証明してくれるのだろうか？　石ころや俺自身が証明するとしたら、何の為にそんなことをしなくちゃいけないのか？　また、他人が証明してくれるとしたら、その他人はどんな善意からそんな面倒臭いことをするのか？　呼称や名前なんか無くてもあらゆるものはちゃんと存在することができるし、名が有るばかりにそれを満たす内容が在ることになってしまうのだ。何かが在るなんてことは、いったい重要なことなのか？　ぶつかったり踏んだりしないようにするには、確かに何かが在るってことを知っていて不便ということはないだろうよ。しかし、それなら名は不要じゃないか。衝突しないようにするにはこの眼と耳が有れば十分じゃないか。俺がモロイであってもなくても誰かにぶつからなければそれでいいではないか。この俺にモロイなんて名前を付けた奴がきっと居るに違いないが、実にいい加減な名を付けてくれたものだ。おそらく外の人間と区別するために付けたんだろうが、区別ってのは顔をか、体の格好をか、声のトーンをか、歩く姿や眠っている顔をか、糞（くそ）をたれる時の力（りき）み具合をか、それとも物を食う時の音をか？　そんな区別をしたところで何の役に立つのだ？

　人間（ひと）はただ食って寝て叫（おら）ぶだけなのだ。違いをつけてくれとか名前で区別してくれとか誰も頼みはしない。モロイという俺の名だって俺の耳にそう入ってきただけで、もしそれが入ってこなかったら他の呼ばれ方でもちっとも構わなかったのだ。どう呼ばれたところで俺の中味 には関係のないどうでもいいことだ。その中味ですらさっぱり分からないのだからな。もしかしたら中味なんてものはどこにも無いから、いかにもウジャウジャと蠢いている人間の数だけ、いや、ありとあらゆる存在するものの数だけ中味も有るという幻想を持たせるために、名前という便利な符牒を発明したのか？　それならその幻想なり思い込みなりが必要だったのは何故だろう？　きっと何にも中味の無い空虚に耐えられないからであろう。誰が？　もちろん人間という種族が。この種族、寄り掛かるものが何も無いと恐いのだ。名前を起点にしてそれを別の名と繋ぎ、繋ぎ方のルールや繋いだ後の意味、意味によって仮構される知識といったものが無くては何を信じてよいか分からないのだろう。不安でどう仕様も無いのだろう。意味や仮構の上に乗っかって物言えば何もかも安定しているように見え、そのように見えている者同士が共通の了解らしきものを持ち合い、かつ確認し合い、その結果常識と習慣が成立し、そうなればもう疑念などちっとも感じなくて、その自信の上で開き直って名の用法を宣伝し、常識と習慣のいっそうの維持に執着する。執着し過ぎて執着していることも忘れるほどになってくると、今度は名の用法によって疎外されているのではと誰かが問いを表明し、その表明は放って置かれるかそうでなければ新たに回収され、回収された場合はそれがまた常識と習慣を固める土台へと繰り入れられる。

いったいそれがどうした？　俺が満月の夜には必ず溝に埋もれて眠りたくなることとは全く関係がない。埋もれて眠っている時に突然雨なんか降り出してくれれば、そりゃあ、ビショビショに濡れるに決まっているが、それも別に気になるわけでもない。棺桶に入っているような快感すら感じやしないのだから。所を得たと言うか、どんな形容とも無縁に永遠に埋もれたままでいたいと言うか、それにしてもココ有明島には俺の体をすっぽり入れるような良い溝が少ない。もっとも、よく探したわけじゃないがな。でも、まあ、俺自身の体がそのまま溝であるのが一番いいわけだが。

別の日は次のように呟いていていました。

歩く時に俺はまず左足から出しているようだが、何も左足からでなければならないという規則が有るとは思えない。右足からだっていいわけだし、両方を一度に出してもいいんだろうが、どうしてか左足ばかりを最初に出してしまう。それが何故だかは分からない。それに左と右とは交互でなければならないということもない。左↓左↓左であっても、右↓右↓右であっても、左↓左↓右であっても、左↓右↓右であっても、右↓右↓左であっても、右↓左↓左であっても、両方↓両方↓両方であっても、両方↓右↓左であっても、両方↓左↓右であっても、右↓両方↓左であっても、左↓両方↓右であっても、両方↓両方↓左 であっても、両方↓両方↓右であっても、いや、歩かないで、凝(じ)っと止まり続けていてもいいのだし、その時は両足で立つ、右足で立つ、左足で立つ、右も左も使わず頭を地につけて立つ、顔をつけて、尻だけをつけて、十本の指だけで、左足と右手の五本の指だけで、右足と左手の五本の指だけで、右手人指し指一本と右足で、左手人指し指と左足で、それでも立ったままが嫌なら、地面に横になってゴロゴロ回りながら動いてもいいし、服が汚れるのが気になるなら裸になってゴロゴロ回転していけばよいし、裸の体が傷だらけになるのを避けたいなら動かないでずうっと横になったままでもちっとも構わないのだし、夜、裸のために凍え、最後には心臓まで凍えてしまうかもしれないけれど、歩き方が分からないよりはその方が増しというものだ。

生きるためにいつもいつも胃の腑の世話をしなければならないのは堪まったもんじゃない。何の因果でそんな運命を背負ってしまったのか。排便？　出したいかもしれないしそうじゃないかもしれぬ。どうしてこういつもいつも出し続けねばならないのか。胃の腑まで出し切ってしまえば好都合というもんだ。他の臓物、体液、汚れた血や血瘤、腐った骨、使い果たしてしまった神経、あちこちに散らばって小さな澱になっている膿、これらも出し切ってしまえば、たぶん体は小さくしぼんでくるがすっきりもする、軽くなる、不感不覚となる、意識はすべて無意識となる。しかし、記憶はどうなる？　記憶だけは残ったほうが良いのか、それともやはり抹消された方が良いのか？　当然消されるべきだろう。何故？　もし記憶だけが残れば記憶ロボットとして彷徨うだけのことだろうから。このロボットが地上に溢れればいったい世界はどうなる？　似たロボットが一つも無いとすれば、無数の記憶がぶつかり合うだけで一致などまず有り得まい。ぶつかり合うだけならやはり無い方がいいに決まっている。従って消すに如くはない。記憶は無意識の作用の一つなのだろうか？それとも別の機能なのだろうか？　もし両者が一致するなら無意識の方も否定されるべきだろう。脳の神経細胞を何億個消せばそれが可能だろうか？　そんな実験記録がどこかに残ってないものか。それを見つけてよく検討すれば、どうして或る人は左足から歩き始め、別の或る人は右足から歩き出すのかがわかるかもしれない。しかし、脳に刻み込まれた記憶や無意識をきれいに払拭してしまうことなんて出来るだろうか？　どの一瞬もが欲望の暴発としてだけ行為されるのであれば、意識も無意識も記憶もすべてゼロにすることができはしないだろうか？　欲望、その生で純粋な噴出だけの生命、根源的欲望からだけなる生命、そのためには肉体を欠如だらけにしておかねばならない。そしてその欠如に応じなければならない。その際、何が欠如に応じるのか？　ひょっとしてそれはまた意識か？　それなら地獄だ。意識の地獄巡りだ。エーイ、ままよ、もう一歩たりとも歩くものか……。」

6

今度はマゾッホを紹介しましょう。モロイにずっと付き合っていたんじゃ頭が痛くなるばかりですから。その点マゾッホは肉体で勝負していますから、分かり易い男だと言えます。といって、マゾッホの肉体が筋骨隆々として男性的というわけではなく、むしろ肉体はとても女性的――とにかくその肉体こそがすべてと思っているようなのです。

マゾッホは自分の肉体を嫌っています。それどころか無くなってしまえば

いいとさえ思っています。どこが嫌いなのかと言えば、まず両脚の間にブラサガっている奇妙な物体、小用には便利だけれどそれ以外には全く役に立たない、無用で醜怪な長物、別段邪魔になるというわけではないけれど、鏡に裸を映すとどうしてもそれが不快で堪まらない。次に嫌なのは、硬い骨格で、これが有るばかりに肉体全体が空間をしっかりと区切ってしまう。空間を余分に分捕ってしまう。特に顔の頬骨と横に張った肩の骨、それにあまり美しい形とは言えない尾骶骨、足や手の指の骨も細いだけでなくもっと繊細な方が……といった具合。三番目に嫌なのは、体の表面を被う皮膚の触感、透明に流れる感覚が無くて肉質が厚過ぎる。それに色も、もっと白に近い方がいい。触れるという感覚を意識されることなどないスーッと滑るような感覚、そんな感覚に憧れている。特にアチコチの毛、手の甲に薄すら、鼻の下とアゴ、胸に少々、何よりも脇のは特に不快、それに例の股間の物の周りの毛は絶対に有ってはならない。大腿から脛、ここにも絶対有るべきではない。身体上に点在して伸びているこれらの毛は美しい肉体に対する汚点、反吐に値するもの、性を刻印する罪の痕跡、決して許されぬ悪、屈辱に満ちた罪悪。それ故マゾッホは自分の肉体を抹消したい。このままでは汚辱の一生だと痛く感じている。新しく美しい肉体へ誕まれ変わるための日々の祈りと努力。

　その努力とは、骨格ゆえに大きく見える身体を――つまり空間中に占める縁取りの広い身体を少しでも細い線のように見せるための工夫で、それにはまず身につける衣装に配慮すること。その配慮というのは、身体を縦の曲線と化すようなドレスを選ぶ。身体の滑らかな起伏を反映させるように薄い絹で出来た、色の明るく淡いもの、そして決して重々しい感じを与えないもの。滑らかさを出すのにコルセットが必要であれば、それを付けていることが全然分からないぐらいの皮膚感覚に近いコルセット。背中や臀部の線には細心の注意をはらい、ゆっくり歩いた時――それ以外の歩き方は許されない――ドレスが歩く方向とは反対側に軽くなびくようでなくてはいけない。ドレスの流線形はそのまま肉体の線となって。

　次に、顔以外は最大限に肌を曝さないようにすることで、手、腕、脚はドレスの素材に似たものでやはり被ってしまうのが良い。項のあたりは元々瑞々しければそのままに、そうでなければオイルを使って潤いを出すようにするべきで、ちょうど山の湖水の傍らにある森が霊妙で透明な匂いを含んでいるような、そんな至純さ、それが不可欠。

が、曝さなければならない顔はどうする？　世界への突出点ではなく消失点であるべき顔は？　顔は世界と向き合うのではなく世界と等質でなければならない。もし等質であることが不可能であれば眼以外は被い尽くした方がよい。しかし顔が世界と等質であるためには、その乾湿において、光沢や色においてまた透度において、外気と均質かつ一致しなければならないが、それは顔の否定となり、顔の否定は視覚の喪失となる。けれど視覚だけは残されるべきだ。何故なら、視覚なしには自身の肉体を検証できないから。消し去られていく肉体、空間に溶解する間際の身体、その最後を認知することができるのは眼において外はないから。

それでも問題はある。それは眼が最後の身体を認知するためには、身体はあくまでも一定の形式においては存在していなければならないということで、空間が身体を犯す時の悦びの眼、そのためにはどうしても身体は残されてある必要がある。さて、どういう形式で残すか？　犯される身体は、すでに犯し―犯されるという二重性はもちろん、それらの境界自体が溶解されている。つまり、何が犯し何が犯されるかは、すでに物質化もできなければ指示もできないのであって、況してや二重性がない以上一体化されているとも言えず、物質や或る物でないものに何らかの形式を与えねばならぬとなると、果たして可能な形式など有るだろうか？　いっその事、逆に認知する眼を捨ててみたらどうだろう？　そうすればどんな身体も消失されることになりはしないか。それと同時に顔全体の廃棄になりはしないか。

廃棄と消失は歓迎される。眼、顔、身体は非―形式へと歓待すべきなのだから。眼、それは視る意識と視られる身体との絶望的なまでの分離だ。意識は対象を欲望し対象は意識を欲望する。しかし欲望にとっては対象や意識など有っても無くても構わないものだ。欲望は目的や方向を持たぬ。欲望は永遠に欲望のままだ。いま、この半永久的な欲望を欲動と呼んでおこう。すると欲動の形式とは非―形式という形式になる。顔、それは視る以上に視られている。すなわち顔は対象として初めから形式を運命づけられている。対象であることを放棄するためには視ることは断念されなければならないが、それ以上に顔の罪はその空間性、小さく造型された空間である点にある。造型は対象と化すし空間は対象の形式となる。だから顔もまた非―形式からの歓待を受けるべきであろう。身体、この最も人間化された自然、意識に浸透された自然は、意識による欲望の釣り上げによって成り立っているのだから、意識と欲望の出会いを消去するためには欲動へと還帰すべきなのだ。そうすれば身体は解体、いや、解除されるであろう。そして解除されるとは無限の多形性をとる倒錯、非―形式としての倒錯に酔うことである。倒錯こそ歓待の唯一の規範なのである。

ならば、眼、顔、身体をこの規範によって表現すればいいのだ。まずは眼、これは簡単、外に向かって閉じ内に向かって聞けばいい。つまり、眼窩ごと眼底を回転軸にして脳の側へと引っ繰り返せばいいのだ。すると奔流する血の響きと蠕動（ぜんどう）する神経の谺（こだま）だけが聴こえるだろう。そして眼の機能は聴覚へと転位するに違いない。また顔は、人間における突起や突端として位置づけられるのではなくて、だから世界に臨む先端部としてではなくて、逆に世界の最前線、全外界の岸辺にと変位せしめられる。ところが、すでに眼が内転されているから世界や外界自体が存在しない。それらはどこにもない。となると、顔にはもはや存在の場が与えられることは無い。かくて顔の消失、世界の後退が……。最後に身体。が、後退してしまった世界のどこに身体を置こう。空間すらない所で身体が可能なはずがない。そう、身体という非―形式、歓待のなかの身体、解除された身体だけが在る。不在という在（ざい）として。こうなると、眼、顔、身体はもう表現されるものであるどころか表題の舞台ですらない。というのも、眼、顔、身体こそ非―形式の象徴に外ならないから。言い換えれば、眼、顔、身体は最初にして最後の表現、表現そのものであるから。人間は欲動そのものである。が、この欲動は絶えず消滅へ、すなわち非—形式へと回帰する以外にない。

7

あんたさぁ、何グチャグチャ言ってんのさあ。屁理屈が多いんだわさあ、全く。もうちょっとすっきり喋れないの？　本当（ホント）にウザイと言ったらありゃしない。ウダウダと理屈こいて、いったい何が楽しいのかしらねェ。こいた理屈や屁が面白くなけりゃあ、何の意味があんのよ？

オット、これはガリ子の突然の闖入（ちんにゅう）です。

あんたさあ、あれっ？　あんたってのはマゾッホ？　それともモロイ？　それとも二人を代弁した誰か？　私（アタイ）、誰に文句を言えばいいのよ？　長々と一人でベラベラやってるから誰がベラベラ喋ってたかわかんなくなったじやないのさあ。ああ、面倒くさ。

あんた＝モロイかマゾッホか両方とも

＝二人に語らせた奴

＝理由（わけ）の分からぬ理屈をこく奴（ただし屁をこくのは大歓迎）

＝一人で言葉を弄（もてあそ）ぶ奴

＝誰に向かってでもなく底なしに語る奴

＝自分に向かってさえ語っていないのに多くの者に語っている

フリをする奴

ということにしとくわ。

ほんでね、ほんで、

あんたさあ、いい加減にしなさいよ。だいたい何様のつもりよ。ここは有明島よ。人間が言葉でもってアアでもないコウでもないとやらかす所じゃないんだわさ。言葉じゃなくて体で走り回る所、音や声が噴出する所なんだわさ。そうよねえ、あんたのような奴には言葉と音や声の違いはわからないわねェ。フントに困ったものね。今、整理してあげるからよおく確かめてよ。

	言葉	音・声
一.	口(くち)から出る	体中の穴から出る
二.	音や声なしにはやっていけない	言葉なんかなくてもやっていける
三.	自分以外の何かを伝えようとする	体自体の活動を表現する
四.	意味というものにつきまとわれている	意味？　そんなもんは知らない
五.	感情や思考とやらを伴っている	細胞たちが勝手に活動している
六.	第二の自分である文字まで使う	自分にすら関心がない
七.	嘘を並べ立てる	嘘も真実(ほんと)もない
八.	嘘を真実と思い込ませる	「思い込み」って何？
九.	主に人間が使っている	主に人間以外が使っている

どう？　簡単でしょう？　だからいちいち説明なんかしないわよ。そんなもんやればあんたと同じになっちまうしね。

えっ、何ですって？　今の整理は言葉でやってるじゃないですかって？

ア〜ラ、あんたも意外としっかりしてんのね。そうよ、その通りよ。だってそうでもしなければ、あんたのようないつになっても人間に拘わる者には気付いてもらえないでしょう？　あんたのためよ。本当（フント）に手が掛かるわねえ。

でもね、有明島はちっとも手なんか掛からない者たちの島なんだわさ。

ミードリの谷の天使〜〜〜
世界（セーカイ）を股にかけて〜〜
恋い（コイ）のプネウマ〜
（ミドリッコのテーマソング。
ミドリッコは有明島に遊びに来るだけだけど）

パプンパプンプーン

（これ、有明島の山頂からの谺。と言っても、ガリ博士の屁の音。どんな顔してやってんだか）

プープープープ〜〜

ウボッ、ウボッ、
ヴボボボボ……

（これは梅ばあちゃんが興奮して何かしてるときの掛け声。たぶんハイジャンプかなんかやってんのよ、きっと）

ホイヤ、ホイヤ、ホイヤ、
ギートントントン
ホホーイ、ホイ
ピー、トントントン
ホイヤ、ホイヤ、ホイヤ

グワーン、ザァーッ、ザァーッ
キィーン、サァーッ、サァーッ
サラサラサラ、ヒューッ
ザワザワザワ、キューン

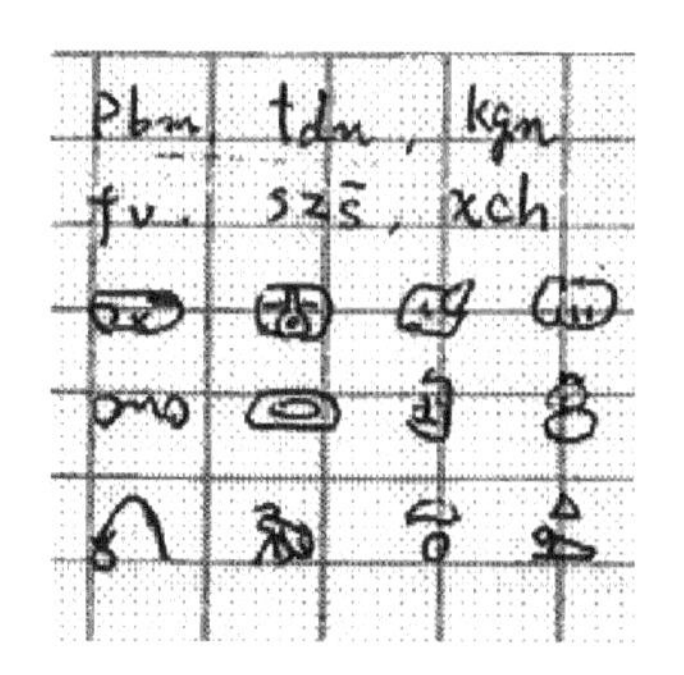

オンドロフ
オンドロフ
ヨンドロフ
ヨンドロフ
ポ、ポ、ポランスキー

アッラーフ、アクバル
アッサラーム、アライクム
ラ、イラーハ、イッラーハ

一切衆生、縦無量劫来、
不出法性三昧。長在法
性三昧中、著衣喫飯、
言談祇対。六根運用、
一切施為、尽是法性。

わたしはシャロンのばら、
谷のゆりです。おとめたちのうちに
わが愛する者のあるのは、いばらの中に
ゆりの花があるようだ。
わが愛する……

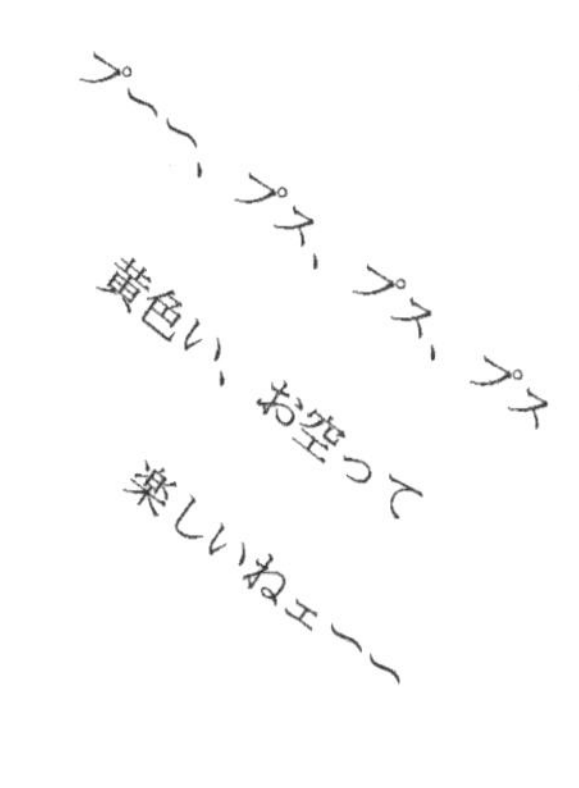

けふ一日（ひとひ）また金の風
大きい風には銀の鈴
けふ一日また金の風

女王の冠さながらに
卓の前には腰を掛け
かびろき窓にむかひます

外吹く風は金の風
大きい風には銀の鈴

いちいち誰の声かまでは知らないんだわさ。そりゃあ、想像はできるわよ。アレはこいつ、コレはあいつ、ソレはあいつでもこいつでもない別な奴ってね。風や空気だって何かを唱えるわ。何も生き物ばかりが声を出してるんじゃないしね。森や樹はもちろん水や岩までが何（なん）か歌ってるわ。みんな勝手にやらしときゃいいのよ。それに勝手もクソも別に規則や順番が元々あるんじゃないから勝手かどうかも分からないんだしさ。だから好きなように叫（おら）んだり唸ったりすればいいのよ。えっ、何ですって？　何が好きなのかわからないですって？

あんたさあ、本当（フント）にバカじゃないの。どうして考えるのよ？　どうして言葉でもって答を出したがるのよ？　そんなもんどうでもいいと言ってるでしょう。あんた、屁（おなら）ぐらいするでしょう。その時よ、その時がチャンスなのよ。放屁の中で自分の耳に酔ってごらんなさいよ。そうできたら真に革命だわさ。あんたの体のあらゆる穴という穴から数え切れないぐらいの音や声が自然に出てくるってもんさ。体って合唱隊なんだから。多くの体が集まったら、それはもう大したもんよ。

体そのものでなくちゃ。人間のままであろうとするから駄目なのよ。人間なんかもう古いわよ。原人よ、原人、有明島原人よ。そりゃあね、別に急ぐ必要はないけど、熊やイノシシ、ウサギやヘビだって構やしないわ。人間でなければ何でもいいのよ。えっ、ワタス？　ワタスはどっちなのかと訊いてんの？　オソーッ（遅）、もっと早くに訊いてくれてもよさそうなもんなのに。ブッフ、フフフフフ……そうねえ、ワタスね、ボッホホホホ……、決まってるじゃん、人間なんかじゃないわよ、ベッヘヘヘヘ……といってまだ原人でもないわ、ビッヒヒヒヒ……半原人とでも言っておくわ、でもワタスの夢は原人なんかじゃなくて超原人なのよ、バッハハハハ……いつか完璧な音の疾走体になって有明島で暴れ回るつもり。いんや、有明島だけでは足りないわね。バッ、ビッ、ブッ、ベッ、ボ〜〜〜。

8

雪之丞は実に眼の鋭い男です。そして物言わぬ男です。このほとんど言葉を発することのない点において、ガリ子の言う有明島の住民らしさを持っているのですが、しかしまだ自分の声なり音なりを自ら聴取して覚知するまでには至ってません。といって、別に宗教的悟りのようなものを求めているわけではありません。それならば同じ無明堂にブッダがいますから、そのブッダに何なりと知恵を借りれば済むことです。そうではなく、雪之丞は自分の内なる身体の気と外なる有明島の気との間に自然に流れる何か摑もうとしているのです。身体という壁を取り払って、有明島の喧騒も静寂もすべてが内なる反響と化し、その反響がまた有明島や海に谺していくような、そんな自在な気の流れの感取と聴取をじっと待ち続けているのです。じっ、と、と言ってももち

ろん何もしないわけではありません。ガリ博士の酔狂にも、隠者の念仏にも、イブン＝バツゥータの祈りにも、カトリーヌ の発する快楽の声にも、梅ばあちゃんの呻きというか唸りというかとにかくそれにも、ガリ子の罵詈（ばり）にも、イエス＝キリストの訓戒にも、サッちゃんやエッちゃんの黄色い声にも、熊の三太夫の主張にも、それはもう何にでも、風の音にも、樫ノ木の葉の揺らぐ音にも、遠い海鳴りにも、空（そら）の軋む音にも、ミドリッコの由（わけ）の分からぬ歌にも、光と影との間で生じる虚音にも、イノシシたちが尻もちをついた時の音にも、木ノ実がポトンと落ちた音にも、ウサギたちが木の根っこをかじる音にも、昼と夜が交代する時の音にも、快晴の日のシーンとした森の静まりにも、島が祭りの日の一日中止まない賑やかな音にも、ことごとく耳を澄ましていますし、そんな耳の深化の作業だけでなく、島中を歩き回って何かを聴き取るたびに身体を共鳴板と化そうと意識を集中する練習をしています。いえ、集中すると言うよりは捨て去るといった方が正確かもしれません。ここに雪之丞がカー坊を尊敬する理由があります。というのは、カー坊はいつも何かに語りかけながらも自ら自身には一切関知せず、自分に関知していないにも係わらず言葉らしきものを使っている。けれどそれは、あくまでも言葉らしきものであって、決して誰かに何かを伝えたり示そうとしたりする言葉ではなく、自然も物も自分も同時に撫でてしまう声、何を見、何を聴いても感覚の全部が澄んだ水の流れの中に溶けていくような声、空に向かって語りかけると一瞬にして海が応え、海に向かって何か言うとそのまま空が震えるような声のまろやかさ、樫ノ木に呼びかけるとパッと樫ノ木が緑の眼を開いて嬉しそうに応える純度の高い声、有明山の山頂を視つめるとそれだけで山頂の方から谺が返ってくる眼、空気を吸うでもなく吐くでもなく唇（くちびる）で空気に触れるだけで、声が音になり音が声となってしまう口唇の不可思議な微動、ヒュンと耳を開くだけで風景が悦びの神経網となり、耳以外の身体から重力が脱落してしまう高度な単性、こんな意図せぬ自在さに雪之丞は驚嘆し、自分も同様の融通無碍（ゆうずうむげ）を体得したいと念じているのです。これこそが雪之丞にとっての氣（き）の習得に外なりません。

　ですから言葉による表現には全然信を置いておりません。といっても、言葉を否定して無念無想の気の世界へ自分を凝集させていけばよいと思っているのではなく、言葉を使うなら使ってもよいのです。カー坊だっていつも何かに語りかけていますし、ガリ博士や隠者も絶えず何か呻いたり叫んだり奇声を発したりですから。問題は言葉そのものに有るわけではないのです。言葉であってもなくても耳から入ってくるあらゆる音と声を、そのまま受け容れながら沈黙と一体化させることなのです。雪之丞にとってこの聴覚と沈黙の一致、そしてその一致の身体への隈なき浸透、これが課題であり理想なのです。ところが、目下の所沈黙の方にのみ傾いてしまい、それを手放さずにおけばやがて音や声を吸収し得るに違いないと確信しているものですから、もう一方の聴覚の氾濫、音と声の無限の容量には対処できないままなのです。そのせいもあってカー坊に感心することしきりなのです。カー坊は自らも語り声を発する上に、身体の外側からやってくるどんな音や声にもまるで身体が共鳴器にでもなっているかのように自然に反応します。しかもそうしながら自身の内側は透明なまでに空（から）っぽなのです。雪之丞から見てこの空っぽさが沈黙とは違った何かなのですが、どこがどう違うのかよく分かりません。カー坊がカー坊自身の内部に沈黙を抱き止めているようにはとても思えないからです。そんな強い意志や意図はまるっきり感じられないのです。むしろ内側に有るものなど、いや、内側それ自体を放擲（ほうてき）しているようなのです。それに放擲、つまりあっけらかんとしているといっても、カー坊が自分の中の何かを意図して外側へ捨てたというよりは、まず放擲それ自体があってその中にカー坊が浮かんでいると言った方がよく、これは雪之丞の理解を超えています。カー坊はすでに人間ではなく、雪之丞の方はまだ人間の側に在（い）るんだと言ってしまえばそれまでなのですが、有明島で暮らすようになって以来、雪之丞はひたすらカー坊のようになることを目標としてきたのです。しかし、この目標への志向ということが良くなかったのかもしれません。というのは、その志向と志向ゆえの判断や所作は、まだまだ人間にとっての意識の型であり方法であるからで、それが純粋であればあるほど、逆にあまりにも人間的であることを証明するだけとなってしまいます。人間であることを超えようとして人間的方法の純化に陥ってしまうという矛盾、雪之丞はここから脱出できないでいるのです。しかし、人間が人間であることを超えようなんてする必要はなく、反対に人間であることがそのまま滅びに外ならないということの中に、自然に身を託ければ済むのに、雪之丞はその沈黙と強い意志とをもって自身の否定を追求するものですから、いつになっても空回りする懊悩から抜け出せないでいるのです。何のことはない。その沈黙と意志を消してしまえば良いのです。そして、どうやって消すかなんてことに意識でもって触れないことです。強い意志を湛えた鋭い眼光なんか閉じてしまうのです。つまり、一度たっぷりと惰眠を貪ればいいのです。だらしなくグースカと眠るのです。出来れば眠っている間、夢でガリ博士や隠者や爺が気ままに遊んでいるのを見るともっといいでしょう。

9　沈黙が日々の雪之丞に対して

アッラーフ、アクバル
アッサラーム、アライクム
ラ、イラーハ、イッラーラ

の、イブン＝バツゥータは全くの反対で、称えているのか唸っているのかそれとも唱っているのか、そこら辺の区別ははっきりしませんが、とにかく天に向かって何か言わないなんてことはまずありません。とにかくよく呟きます。放吟します。高唱します。すでに有明島で暮らしているイブン＝バツゥータにとって、自

分が何のために、どういう内容のことを呟いているのか、放吟しているのか、高唱しているのか、てんで解っていないのですが、解ることなど別段重要でない有明島において、未だ人間の記憶の残存物を抱えている者たちは、体にまで染み込んでしまった昔の言葉や習慣から仲々解放されず、人間から元人間への移行期には必ずと言っていいほど記憶の断片が疼くのです。その移行期間が果たしてどれくらいの時間なのか、時間などどこ探しても無い有明島ではさっぱりです。だからイブン＝バツゥータの放吟にしろ高唱にしろ、それは半永久的に続くに違いありません。なあに、続いたところで誰かに迷惑をかけるなんてことはありませんし、当人にすら何ら悪い影響や効果は無いのですから、唱いたいだけ唱い、称えたいだけ称えておけばよいのです。呟き続けることに、また呻き続けることに文句を言う者なんか有明島には一人も居りません。皆が皆と言っていいほど勝手に喋ったり唱ったりしていますから。イブン＝バツゥータに外の者との違いが有るとすれば、それは第一にひたすら天へ向かってということ、次にその際、両の掌はやはり天へ向かって斜め45度に延びた腕の先で開かれていること、三番目にはこれまた両の眼が天空遥かを見つめていること、さらに四番目は両の耳も天の方向へとピーンと立てられていること、そこで五番目としては口の両端から涎を垂らしながら呻いていること、六番目もあるとしたら唸っている時の両の鼻の穴から吐き出される息の荒いこと、ついでに七番目も加えて額の両側が呻くたびにピクピク痙攣していることでしょうか。

いったいどんな事を祈っているのでしょう? そこの所が最も興味があるのですが、本人のイブン＝バツウータにとってはもはやそんなことはどうでもいいらしいのです。祈ることそれ自体、従って放吟や高唱それ自体ばかりが勝手に、というか自然に湧き上がってきて、どうにも止めようがないのです。もちろん四六時中という事情ではありません。記憶の断片の疼きが強烈な時に声となり音となって現れ出るのであって、疼きが小さく弱い時は体の中で声と音は転がり回っています。それなら疼きはどんなきっかけで強くなったり弱くなったりするかと言うと、雲ひとつない天気で気温もいつもより高く、風に砂塵の舞う日、そんな日は強い疼きに襲われます。（ただ、ここは有明島です。砂塵が舞うなんてことはちょっと不似合いです。有明島と砂塵、これはほとんど有り得ないと言っていい組み合わせです。ですから、もっと別の契機なり原因なりを想定した方がいいかもしれません）それで、イブン＝バツゥータの体温がいつもよりは高い日、その熱に浮かされて、とでもしておきましょうか。当人にすれば原因や理由など関知するところではありませんから、記憶の疼きを感じさえすればいいのです。感じれば血も駆け巡ります。大脳の血流も当然速度を増します。血と知と痴の相互交流が始まってスパークします。それが体中を貫いて絶頂に達したとき、

アッラーフ
　アクバル

アッサラーム
　アライクム

ラ、イラーハ、
　イッラーハ

とやらかします。もっとも音量や音程はその時々によって違ってます。スパークしている時の血と知と痴のうちどの比率が高いかによって違いと変化が生じるらしいのです。ですから、あるときは、

となって最初は高音から低音、二節目では弱い音程が段々強拍にといった具合。別の時は、ずっと低くブツブツ唸って最後だけ

アッラ〜〜〜フ

アクバ→ル

イッラーラ→

と大きく放唱。

　でも、イブン＝バツゥータのこういう奇声・奇行は本当はすこぶる健全なことでありまして、そう、有明島で人間から元人間へと超脱していく者たちにとってはとても自然な姿の一つでありまして、奇矯どころか反対に歓呼されるべきことなのです。イブン＝バツゥータの放吟や高唱は、まっ、元人間へと移行するためのイニシエーションとでも言いますか、あの記憶の疼きを通しての転位なのであります。そしてその際、血と知と痴の交流とスパークが目には当然見えない内的過程として、嵐のように、平穏な凪のように、散切れ雄叫ぶニューロンの森のように、全き沈黙の中での全く空虚のように、瞬時に、あるいは反響する永遠として、満ち、広がり、消尽され、洗われ、清められるのです。もちろんこれはイブン＝バツゥータ一人に限ったことではなく、多かれ少なかれ有明島の住民が体験することで、ただその表現がさまざまに違っているのです。とはいえ、今さら言うには及びませんが、ガリ博士や隠者などの有明島原人の場合はそうではありませんよ。彼らには移行や転位は無縁です。彼ら原人は元々……なのですから。

10

ガリ博士を師とする三人の研修生の一人オランジャには（あと二人はガランジャとサランジャです）、有明島に来る前に書いた『人間という症候～その（一）鬱についての序論』という論文があります。でも、その論文は専門的で難解ですからここで紹介するのはよしておきます。（どうしても読みたいという方は論文を保管しているガリ博士に申し込んでみて下さい）その代わり、有明島でのオランジャの或る異常な体験についてお話しましょう。

その体験とは隠れんぼ、子供たちが昔からよくやる遊びの一つ、あの隠れんぼなのです。

春のある天気のよい気持ちいい日に（もっとも有明島はたいていが天気

がよいのですが)、熊の三太夫とその友だちも入れて十人ほどで隠れん坊をした時、オランジャがまず鬼になりました。榛(はん)ノ木の幹に額をつけ目を閉じて一、二、三、……八、九……、十五、十六……と二十まで数えます。(こういう時は普通十まで数えることが多いのでしょうが、有明島ではなぜだか十でなくて二十まで数えます。ときには五十くらいまで数える者もいますが)数え終わりました。目を開け振り返ります。誰一人いません。野原はシ~~ンとしています。草を時折揺らすほどの小さな微風が渡ります。どうせ博士がまた有明山の山頂近くで一人騒いでいるのでしょう。その声が心地好い谺となって響いています。シ~~ンとした深い野原です。皺くちゃの顔に満面の微笑を浮かべて隠れるのを今か今かと待っていた梅ばあちゃんの姿はもう見えません。ボォーッと立っていたランニング姿のカー坊は居ながらにそのまま消えてしまったようですし、ヨッちゃんはお尻をプリプリと振りながらどこかへ逃げ込んでしまいました。遊び大好きのガリ子は、誰が探しても見つからないような場所に隠れて笑いをこらえているに違いありませんし、熊の三太夫はと言うと、自分の黒灰色の体を少し丸めて桜ノ木の下の岩の傍に伏せていました。そうするとただ岩が二つ並んでいるだけに見えるからです。仲々考えたものです。その岩を撫でながら微風が通っていきます。たぶん三太夫は隠れん坊なんか忘れてそのままのんびりと昼寝を決め込むつもりでしょう。これはもう風景から消えてしまったのと同然です。その三太夫の友だちの方は勝手に有明山に帰ったようで姿はおろかその気配さえありません。問題は脚が長くて背の高いポランスキーです。目立ってすぐに見つけられそうですから。ところがどこかに潜んでいそうな徴候が全然ありませんし、そもそもオランジャが目を閉じて数えている時、その脚の長さから当然予想されるパタパタと駆けていく音も聴こえませんでした。といって急いで走っていかない限り隠れることはできないのですから、どこかに居るには違いありません。まさか有明山の方へか海の方へかに駆け上るなり下りるなりしたのではないでしょう。そうするには二十数える時間は短か過ぎますから。もっとも、オランジャの数え方があまりにも間延びしたものだったという可能性もありますが。いずれにせよポランスキーはどこかにその蒼白い痩身を静かに隠しているはずです。

ところでポランスキーが何故脚の長い蒼白い痩身なのか、と言うよりそういう設定なのかと言えば、それはポランスキーが有明島に来る前の普通の人間であった時は寒い高緯度地方に住んでいたからで、いや、それでも寒い高緯度地方出身だと何故脚が長く蒼白いのかとなりますが、とにかくそういうイメージ設定がどこかしらはまっているからです。で、その設定上、どうしてポランスキーは有明島に来ることになったのか？　もちろんそれに答えることは何ら難しくはないのですが、今は隠れん坊の最中ですから本筋へと戻って、さてポランスキーはどこに隠れたのかと言うと、むろんオランジャには分かりません。何せオランジャの眼の前には広くなだらかな野原が広がっているだけで、数本の桜ノ木と遠くの林こそ見えますが、それ以外は柔らかな草が茂っているだけの野原、だだっ広い野原です。そのどこに隠れることができるのでしょう？　ポランスキーのみならず梅ばあちゃんやカー坊、ガリ子やヨッちゃん、それに熊の三太夫とその友だちと、誰一人姿がありません。本当に隠れん坊をしているのかどうかも怪しいほどの静まりかえった真昼の野原です。あと二人も――イボ助とブッダなのですが――同様で、何もポランスキーだけでなく誰も彼もさっぱりです。オランジャは却ってその事の方に、つまり皆の隠れっぷりの完璧さの方に驚いて、誰かを探そうという気になるどころか、微風の抜けていく音と有明山の山頂の方からのガリ博士の奇声とが相和して優し気な律動となっている心地好い音楽とも言えない音楽に耳を傾けていました。そうすると、誰がどこに隠れていようと、またそれを探そうと探すまいとどうでもいいような気になってきました。そして探さないとすれば隠れん坊は成り立たないし、鬼役の自分も不要になると思ったのでしょう。さっき額をつけて数を数えて榛ノ木の根っこの所に座り込んで静かに目蓋を下ろしました。別に眠いというわけではないのです。自分もまたこの風景の中から消えようと思ったのです。風景の中から消えてただ風景だけを残す。涼やかな微風と遠い奇声だけに耳を澄まして風景の浸透に身を委ねる。誰れもいない。またスーッと微風が流れていく。空は青いままずっと晴れている。もう隠れん坊の鬼なんか居ない。

以来、オランジャは論文はおろかそれらしき物ものしま せん。いえ、文章どころか論理的な話し方すらしなくなりました。一応は喋るのですが、少なくともそれは人間が意志 や気持ちを伝え合うような話し方ではありません。ガリ博士の研修生になったのが原因かどうかは分かりませんが、喋る時は実に自在あるいは得手勝手流、といっても喋らない時の方が多くて、よくカー坊と一緒に島中をフラフラ歩き 回っています。声こそ発しますが、意味の有る言葉を話すことはめったにありません。それだけオランジャも人間から元人間へと進化した証拠なのでしょうか？　以前にも言いましたようにここ有明島では人間の言葉が人間と同じように使用されることは少ないのです。使用されても由来のわからない別次元で飛び交いかつ消えていくだけですから、オランジャの言葉や声調が変化したところで別に不思議ではないのです。それにこの変化などというのもちょっと疑問です。進化などといわれると、ガリ博士や隠者のような原人はキョトンとするでしょうし、熊の三太夫なんか口をあんぐりと開けたままニコニコして終わりでしょう。ですからオランジャも人間ではなくなってきたのは間違いないのですが、それはとても進化とか言えるようなものではないのです。もちろん進歩でもありません。

他方、オランジャと同僚のサランジャやガランジャはどうかと言えば、サランジャはエッちゃんとの恋に夢中ですし、ガランジャの方は目下、声の研究に勤しんでいます。この

研究についてはそのうちまた語るとして、今は誰もが興味を持つであろう(?)サランジャの恋について少し話しましょう。

11

サランジャとエッちゃんが知り合ったのはむろん有明島に来てからです。サランジャが有明島にやってきた理由はどうせオランジャと似たり寄ったりでしょうからそんなものは放っておいて、エッちゃんがどうして有明島で暮らすようになったかという点から説明しますと、これが意外と大変なのです。というのも、次の三つの組み合わせは偶然なのかという疑問がまずあるからです。

サランジャ
ガランジャ
オランジャ

エッちゃん
サッちゃん
ヨッちゃん

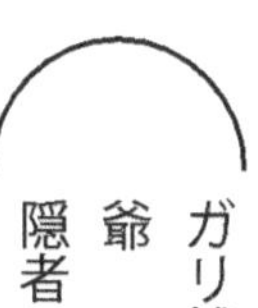

ガリ博士
爺
隠者

※おまけとして

カトリーヌ
梅ばあちゃん
ガリ子

最後（※おまけとして）の梅ばあちゃん組にはどんな共通性があるのでしょう？　何も無い気がします。ですからやはり三組としておきます。一組目は○ランジャという名前に共通性がありますし（もちろん有明島での名前ですから人間であった時のそれぞれの名は誰にも分かりませんし、本人たちも覚えていないでしょう）、ガリ博士を師とする学士・研修生であることについて同僚です。二組目は○ッちゃんという呼称と島民の世話係という点で同じグループ、三組目は有明原人です。ところでサランジャとエッちゃんが恋人同士だからといってエッちゃんとガリ博士、サランジャとガリ博士までがやはり恋人関係にあるとは言えません。そんなことを言い出そうものなら、ガランジャとサッちゃんあるいは爺、オランジャとヨッちゃんあるいは隠者の間にだって恋が成立してしまいます。もっとも、成立したって構やしないでしょうが。

でも、まあ、今はサランジャとエッちゃんの恋の話です。ただ、恋とは言えここは有明島です。その点を御含み置きくださいよ。

「違うったら。もっと右の方」

〈えっ、右？ここかい？〉

「そう、その辺。あらっ、また少しずれたわ」

〈じゃあ、この辺かな？〉

「そうよ、そう。もっと強く。ええ、そうよ。気持ちいいわ。何かこう、全身に快感が走るみたい」

〈そりゃあまたおおげさだなあ〉

「ほんとよ。すごく気持ちいいの。もっと……」

〈こうかい？〉

「あらっ、ちょっと強すぎるわ。もう少しゆっくり……」

〈なかなか注文が多いんだねえ〉

「ごめんなさい。いつも同じ調子よりは強弱のリズム感をつけてもらった方が気持ちいいの」

〈それならいいけど。じゃあ、今度は弱く手前に引く感じでやってみよう〉

「ええ、お願い。でも、その後はまた強くやってみてね」

〈わかったよ。そんなに気持ちいいなら幾らでも……〉

「あっ、もう少し左からやってみて……場所が拡がったみたい」

〈場所？〉

「何よ、知ってるくせに。現に今、あっ、そこ、そこだわ。素晴らしいわ。そう……」

〈ちょっと強くするよ〉

「いいわ、そのまま続けて……あっ、ああ、すごい。すごい、何ていえばいいのかしら、とても……あっ、そうよ、そう……」

〈そんなに悦んでもらえるなんて〉

「そこまで上手だと、もう芸だわ。あっ、また、全身に……あっ、何て……」

〈気持ちいいならそれでいいんだよ〉

「ええ、あっ、でも……ああ、ねえ、甘えついでにいいかしら？」

〈うん、何だい？〉

「今度は少しこするようにやってみて」

〈こするように？〉

「ええ」

〈こうかい？こういう感じかい？〉

「そう、それだわ。すごくいい。それをそのまま速く……」

〈………〉

「ああ、そうよ。もっと、もっと速く……」

〈こうだね？〉

「あっ、あ〜〜……」

〈もっとかい？〉

「えっ、ええ、もっと……」

〈大丈夫かい？　ずいぶんと興奮しているみたいだけど……〉

「ええ、だって……あっ、だって気持ちいいんですもの」

〈フーン。それならいいんだけれど〉

「ごめんなさい。今度は撫でるような感じでやってみて……」

〈うん、わかったよ。こうかな？どうだい、こんな具合で？〉

「いいわ、潮が引いていくみたいで」

〈そういうものかなあ……〉

「そうなの。指の使い方や強弱、速さの加減で、快感もいろいろに変化していくのよ」

〈なるほど〉

「あなたのその指が細くて良かったわ」

〈どうしてだい？〉

「だって、細いからいろんな動きが可能なのよ。そしてお蔭で……」

〈どうなんだい？〉

「あら、嫌だわ。そんな……」

とか何とかです。そこは有明山の中腹の岩陰。そこから遠く輝いている海がよく見えます。二人の外には誰もいません。その二人だけの世界で、サランジャはエッちゃんに請われるまま背中を掻いてあげていたのです。

12

ところで、有明島のアチコチにも、この有明島の物語の中のアチコチにも神出鬼没の原人、そう、ガリ博士、この博士はいったい何者なのか？　説明なんかするより、博士の生態を観察してみるのが一番というものです。

博士の最大の楽しみは尻パチン体操というもので、これは毎朝太陽が水平線から頭を半分出したとき、極楽荘の横の広場に全島民が集まって（参加は自由です）行われる、健康促進を間接的目的とした遊戯です。ならば、直接的目的は何なのか？一言では言い現し難いのですが、一種の有明島讃歌、その身体表現とでも言えましょうか。

極楽荘の建物を背に横二メートル、縦一メートル、高さも一メートルぐらいのお立台の上に立った博士が、扇状に不規則に散らばった島民たちを前に、

「皆しゃ～ん、準備は良いか～あ。今日は両尻を使った少し高度な術に挑戦しま～す。まずワシが一度……」

と言って、クルリと一回転して皆の方に裸の尻を突き出し――もうそれだけで博士の眼は悦びで潤っているのですが――両腕を水平にピーンと伸ばし、指先まで真っ直ぐにそろえ、やおら右手を右の尻へサッと回して、

「ハーイ、まずは一発」

と、軽やかな声と共にパチ～～ン――朝の澄んだ空気の中、その音は有明山の頂上の方へと響いていきます。すると山頂の方からもパチ～～ンと谺が――その谺を聴いてニッコリの博士、今度は左手をスウーッと左の尻に持っていきながら、

「次は短く小気味よく」

と言って、パチ－パチ、パチ－パチとやります。

「よろしいかぁ。この右、左、パチ～～ンとパチ－パチ、パチ－パチを都合三回繰り返す。その際、気をつけなければならないことは、一回ごとのパチ～～ンとパチ－パチ、パチ－パチの長さを同じにすることじゃ。よいか。パチ～～ンの響きが耳に残っているうちにパチ－パチとな。そしてそれを三回じゃ。よいかぁ、忘れるなよ。なあに、別段難しいことじゃない。体をまるごと尻と思うのじゃ。その方が良い音が出るから。ウッヒヒヒ……」

一人で興奮しています。言われた通りにやっている島民はほとんどいません。

「さて、次は、両方の手の親指と中指を使って左手で左の尻の皮を、右手ではもちろん右の尻の皮を強く抓む、爪を立てるのもいいですぞぉ、ウッヒヒヒ……そしてキキィーと叫びながら引っ張る。よいか、キキィーですぞ。間違ってもギャーとかキャハーとか言わないように。つまりこういう具合にな」

と、実際自分が説明した通りにやって見せます。真剣に見ている者もいますが、ちっとも博士の話を聞いてない者、途中から草の上に横たわってしまう者、立ったまま居眠りしている者、パチ～～ンの代わりにパプ～～ンと屁(おなら)をこいている者、空に向かって何か呟いている者、白い乳房を梅ばあちゃんに触らせているカトリーヌ等々。というのも、博士の尻パチン体操の演技とその註釈は毎朝のことなので、たいていの者はいい加減にしか見も聞きもしていないからです。

　ところがガリ博士の方は、この被虐性頓狂の博士の方は真剣そのものなのです。毎日の演技と奇声で同じといったものはなく、研鑽に研鑽を重ねているようなものです。すなわちその指導内容が実に無限なのです。現にさっきの二つめの演技、強く抓んで引っ張りキキィーと叫ぶ見本を見せ終わると、

「さあて、次の演目、動きは……」

と、休む間もありません。島民たちは慣れたもので、特別に興味を魅かれる動作と声でない限り博士のするがままにさせています。

「手をゲンコにしま～す。どちらかと言うと右手がよろしい。それでもって尻の割れ目の下の方に突っ込む。突っ込んだ瞬間、ウオッホー、一度手を放

してもう一回グッと突っ込んでまたウオッホー。これは疲労や頭痛に抜群の効果。ほれっ、今やってみせよう」

と、例によってあまりきれいとはいえない尻を皆の前に曝して説明通りに演じて見せます。

このウオッホー、樹々の梢を抜けて早朝の爽やかな空へと昇っていきます。今度は谺は返ってきません。明るくなってきた空に吸われていくだけです。聴衆の中では二人だけが――爺とイブン＝バツゥータなんですが――このウオッホーをいたく気に入って早速練習を始めました。イブン＝バツゥータの方のゲンコが大きくてそれを突っ込む角度も良いのか、そのウオッホーは実に高らかで、博士のよりもずっと高空(たかぞら)へ届きます。一方、爺の方は小さなゲンコに肉の削げ落ちた尻のせいでしょうか、ウオッホーはウオッホー程度の響きです。たぶん梢の先端にも届かないでしょう。爺本人もどこか不満気です。

「爺よ」

とはガリ博士、

「おぬしの場合はな、特別にゲンコを五回連続で突っ込むんじゃ。そうしたらウォッホもウオッツホーになるはず」

そう言い終わるや否や、もう
「じゃあ、今日最後の振りつけを見せるぞお。いい〜か〜あ」

今度は正面を向いて、尻を左右——もちろん丸出しのままです——に四回振り、四回目と共に左右の手を頭上でパチン、口からはプ〜と声を発し、ウィンクを左目で一回というちょっとばかり高度な術、

「この尻振り四回、パチン、プ〜、ウィンクの一連の動作を三回続けてやる。どうじゃ〜あ、粋なもんだろう？」

と喜色満面です。

　これにはカトリーヌ、サッちゃん、梅ばあちゃんの琴線が震えたようで、

「博士の振り方はとても見ていられないわ。深く腰を入れて斜め上に突き上げるようでないと」

と実際その通りやってみせるのはカトリーヌ。

「あらっ、お尻が丸くて大きければいいというものではないわ」

と反論して、小刻みな尻の振り方をするサッちゃん。二人を見ていた梅ばあちゃんはほとんど肉のない尻をあられもなく曝して、鈍い動きで二、三度尻を揺らし、短い手を頭上でパチン、プ～でなくブリッと唸って、物貰いの治ったばかしの左目を前に突き出すようにしながらウィンク。それをたまたま見てしまった博士は、

「よお～し、今朝はこのくらいでお開き～」でも梅ばあちゃんは一生懸命一連の動作を繰り返しています。空がほんのりくもってきた感じです。博士が「お開き～」と宣言した頃には、島民たちの数もだいぶ減っており、最後まで残っていたのは梅ばあちゃんの外にはブッダとイエス＝キリストぐらいなもの、あとは有明山へ登る道の方にカー坊の背中が見えるだけ、お立台の博士もアッという間にどこかへ逃んずらしてしまいました。それでも梅ばあちゃんの練習は終わりません。ブッダが自分の肥った尻を大きく振ってパプ～ンと声を発しながらイエス＝キリストへ流し目を送りました。送られた方

は眼を閉じて何か祈り出しました。

13

ガリ博士はよく有明山山頂の壊れかけた展望台で何かしてます。といっても、それは島にミドリッコが来ている時になのですが。(このミドリッコ、一応は幻夢館に部屋を持ってますが、そこで暮らしたことなど、いや、入ったことすらありません。だってミドリッコは博士の親友ではありますが、原子はおろか元人間や人間でも、早い話が島民ではないのです)実は博士、そのミドリッコに預ける葉書を書いているのです。ミドリッコは地球の旅人のようなもので、鳥でも鳥人でもありませんが、気ままな旅の途中に有明島に寄っては、博士から頼まれた葉書を世界中にばら撒いているのです。ミドリッコについての詳しい説明は後でするとして、博士は何のために葉書を書き、またそこにはどんなことが記されているのかといえば、色んな人間に有明島に来てもらおうと勧誘しているのです。それを毎回ミドリッコは緑色のリュックサックに百枚ほど入れて背負い、飛んでいった先々の空から撒くのです。葉書の記述内容は一通一通全部違っていますが、それを逐一紹介するのは不可能ですから、何通かここで紹介しておきましょう。（ただし、葉書なんか有明島にはないだろうと思われるかもしれませんが、葉書というのはあくまでも譬(たとえ)です）

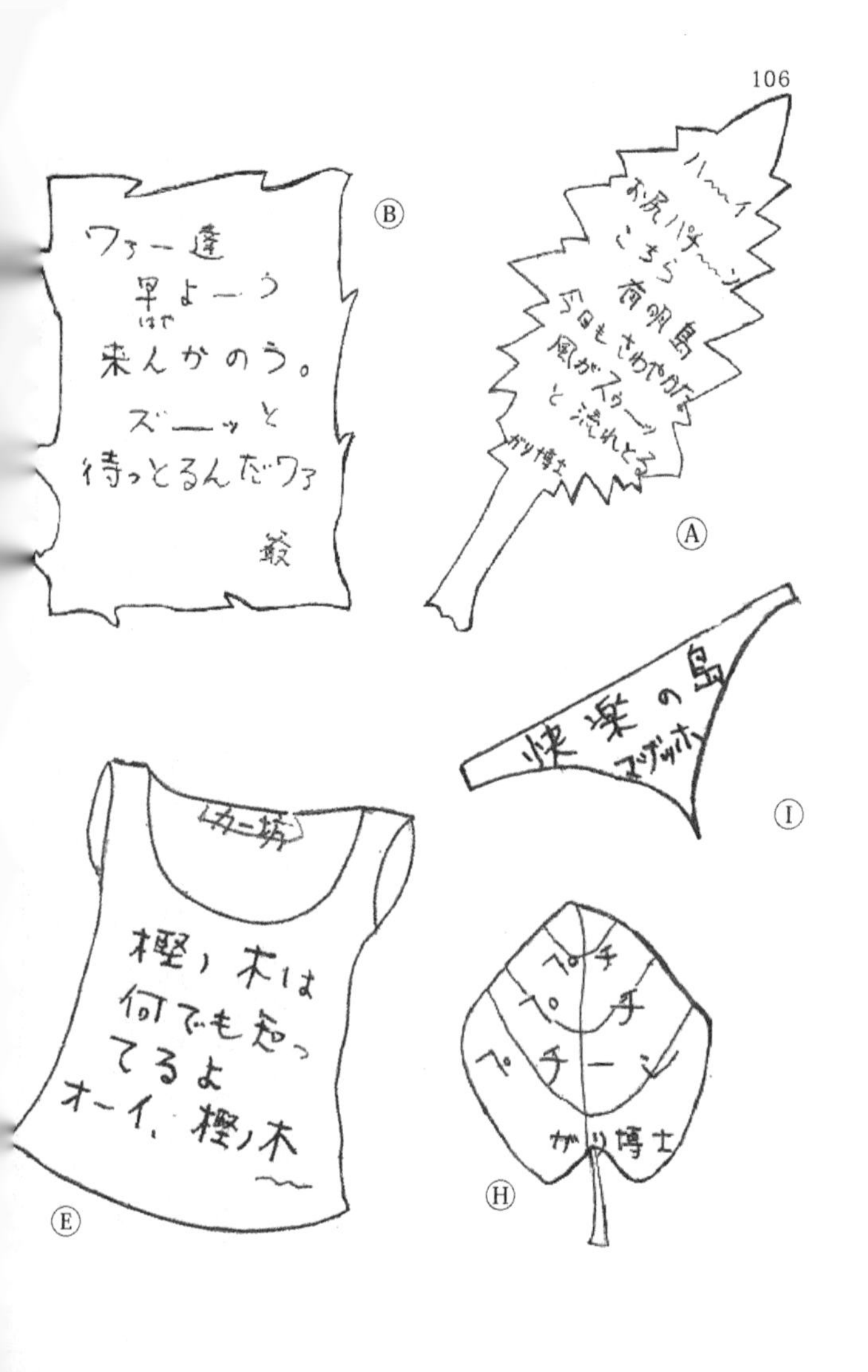
Ⓑ
ワァー達
早よーう
来んかのう。
ズーッと
待っとるんだワァ
爺
Ⓐ
ハ〜イ
お尻パチ〜ン
こちら
有明島
今日もさわやかな
風がスゥーッ
と流れとる
ガリ博士
Ⓘ
快楽の島
Ⓔ
カー坊
樫ノ木は
何でも知っ
てるよ
オーイ、樫ノ木
Ⓗ
ペチ
ペチ
ペチーン
ガリ博士

Ⓓ

昔者莊周夢爲
胡蝶
栩栩然胡蝶也
自喩適志與
不知周也
隠者

グチャグチャ言うんじゃないんだワサァーガリ子

Ⓕ

Ⓒ

なんたって
ドングリは
わんさか有
るし……
……三太夫

Ⓖ

乙女（おとめ）
だらけ
だす！
ようけ可愛
いがってやろう
梅はあ

と、まあいろいろなのですが、少し解説しておきましょう。

各葉書には差出人と思われる名前が入っていますが、これは何も本人が書いたという証明にはなりません。ガリ博士が勝手に代筆している可能性も大ですから。もっとも、本人が書いたものもあるでしょうが。葉っぱを葉書代わりとしたⒶとⒽは、その内容からしてガリ博士本人でしょう。Ⓑは古い紙切れか何かに爺か爺を装った博士が書いたもので、有明島への人間の来訪を待ちわびている思いがよおく出ています。次のⒸのドングリの実に爪で引っ掻いてあるのは、熊の三太夫ですが、おそらく有明島は食べ物に困ることのない島だからいつ来てもいいぞ～と伝えたかったのでしょう。Ⓓの書き手は、隠者になってますが、果たして本人かどうか……。だってこんな意味の分からぬ文章、わざとらしいですもの。隠者っぽさを狙ったに違いありません。Ⓔはカー坊がいつも着ているランニングシャツに書かれていますから、きっとカー坊はランニングシャツをたくさん持っているのでしょう。一枚しかないものを葉書代わりに使うと裸になってしまいますから。Ⓕの樹の枝は、ガリ子――たぶん――ああでもないこうでもないと悩んでいる人間なんか、この枝で叩くワヨと言っているのでしょう。Ⓖ、これは梅ばあちゃん愛用の褌、どうしてそんな物に書いたのか、それにミドリッコもよく預かったものだと思うのですが、よく考えてみると褌は空をヒラヒラと舞うには最適の物です。これが風に乗って揺らめいているのを想像しただけでも楽しくなってきます。梅ばあちゃんないし博士がそこまで考えていたかどうかは分かりませんが。まっ、それはそれで良いとして「乙女」と記してあるのはどういうことなんでしょうか？　サッちゃん、エッちゃん、ヨッちゃんのことなのでしょうか、それともまさか自分のこと？最後のⒾはマゾッホが日頃つけている下着で――本人は秘宮Ｖと名付けています――これを穿けば快楽への道は近いとでも伝えたいのでしょうが、こんな物が空から降って来た日には人間は不審感を……、いや、却って喜ぶでしょうか？　マゾッホの言う快楽が具体的にはどんなことなのか、それは実際有明島でマゾッホの講義なり実践指導なりを受ける外ありません。

さて、これらの葉書がガリ博士から依頼されているミドリッコ、博士とはどんな関係なのか？　二人は親友だとは前にも述べましたが、世界を旅するミドリッコと有明島の超天才である博士との共通点と言えば、

一．とりあえず人間でないこと。

これは人間なんぞどうでもいいやと思っていることです。


二．高い所が好きなこと。

博士はしょっちゅう有明山の山頂に行ってますし、ミドリッコは日々空と風の中に居ます。


三．音や声への恋着がつよいこと。

博士は絶えず奇声を発しているだけでなく、あの屁パ、チン、ハ、体操、における狂喜からして音へとり憑かれていることは明らかです。他方のミドリッコの方

は風の花嫁の美しい歌声を求めて世界を旅しているのですから。

四．つまり、片や変態詩人、片や風の詩人ということ。

以上です。自由で我がまま、頓狂を疾走する両人といったところでしょうか。

有明島への道程（みちのり）は別段遠いというわけではありません。葉書を拾った人はミドリッコに声を掛ければいいのです。きっと「一緒に来い」と言ってくれるでしょう。ガリ博士がいつもの調子で待っています。もちろん爺や隠者、妙ちきりんな住民たちも。

皆さん、是非有明島へ。

14　ミドリッコ紹介

　ミドリッコは世界中を風に乗って旅しています。ですから彼は人間ではありません。(人間はいつも自分を基準に人間以外の存在を理解し分別しようとしますが、それがいけないのです。素直に受け容れれば良いのです)

　ミドリッコは風と共に世界中を旅しています。風の花嫁を求めて飛び続けています。夏の朝未き(あさまだき)、地中海ではよくセイレーンたちが歌っていますが、ミドリッコは空高くから聴いているだけで決して海面までは降りていきません。セイレーンは彼が探している風の花嫁ではないからです。セイレーン、彼女たちは海の旅程者たちへと呼びかけます。空の石女(うまずめ)である彼女たちはその悲しみを人間を眠らせて攫(さら)うことによって埋めようとします。美しい歌声

はその悲歌(エレジー)です。むろんその声の虜(とりこ)になって海の底へと消えた人間には限りがありません。セイレーンの悲しみはどんな海よりも深いのです。彼女たちは痛切に歌います。その哀調に耳を傾けないでいることのできる人間はまずいません。

ミドリッコは知っています。セイレーンが風の花嫁でないことを。それで、澄んだ蒼空に抱かれた高緯度地方や雪と氷河に被われた高い峰々へは好んで旅します。ただ高緯度地方の空は吹雪いたり灰色に曇っていたりすることが多く、切れるようなコバルト・ブルーの空が広がっていることはほとんどないので、そこには風の花嫁はいないだろうと思っています。それでも彼女の透明感はコバルト・ブルーの切れるほどに優しい空に似ているはずだという確信から、時々は高緯度地方を訪ねるのです。その硬質な空の沈黙、溶け入りそうで全く溶けることのない蒼い壁の無窮、無窮の底からは……。

いつかバイカル湖の上空でゆっくり旋回しながらひと休みした後、アルタイからテンシャンの山々へ向かっている途中、確か季節は短い春が過ぎてすぐの真新しい夏だった気がします。ベルーハ山の南斜面を滑空しているとき、背後に耳鳴りのような、谺のような、未踏の地の鉱物が叫べばきっとこんな声に違いないと思えるような醇乎（じゅんこ）たる響きが流れてきました。ミドリッコの脳裏に、もしや風の花嫁……という思いが一瞬走ったのですが、鋭角にターンして見上げた、いま滑ってきたばかりの山容は、高い蒼穹に凛と座っているだけで、もうどんな声も返してきません。それでもミドリッコは蒼穹の果てをと凝視し、やがて眼を閉じ、聴覚だけを高層の気に託けて、自分の身体（からだ）を宙空の消点と化して待っていました。間違いなくミドリッコは聴いたのです。胸を深く洗う蒼空、その底のアルタイの緑の谷から、風の花嫁が哀しく呼びかける声を。

　むろん風の花嫁がアルタイの森に住んでいるわけではありません。時々その森の混じりっ気のない冷気を呼吸するために立ち寄ることはあっても、そして世界中の秘めやかな森や谷でしばし憩（いこ）うことはあっても、決して彼女はどこかに定住しているのではないのです。

ミドリッコの祈りと期待が風の花嫁を招きます。終わりなき期待それ自身が果てる所、ですから一切の期待が失われて逆に記憶の彼方にまで延びていった所に、本当の期待は……いいえ、期待など初めからどこにも無いのです。期待とはそのまま永劫へと渡る欠如なのであって、その欠如すらも欠如している所に期待の母と死が住まうのです。

そんな事情（わけ）で、ミドリッコが期待の中を旅する限り、つまり欠如を抱えて母を探す死の彷徨を続ける限り、風の花嫁の遠く哀しい声はどこからでも聴こえてきます。実際、アフリカのサヴァンナを低空で飛んでいた時も、北東シベリアの七月のウルトラマリンの高層を通り過ぎたときも、また赤道を越えてインド洋を南へとコースを取った時も、いつもミドリッコは感じていました。自分のすぐ後（うしろ）や真上に風の花嫁の吐息を。

アンデスの南の凍った山脈からパタゴニアへと下る風に乗って乾いた台地の上にさしかかった時の、あの吹雪のような砂塵の中ですら、招くような、が同時に救いを求めるような、哀切極まりない声が響いてきたことがありました。パタゴニアの人間なんか点在すらしない荒地に、茫々たる大気を引き裂くようにして風の花嫁の細微で狂おしい声が震えていたのです。その時の胸を張り裂かれるほどのミドリッコの懊悩。しかし、その懊悩が却って彼女、風の花嫁の裸形（らぎょう）の声をより鮮烈なものとします。滅びゆき消失してゆく声、それこそ彼女の裸形の声です。

ミドリッコは覚悟しています。風の花嫁との接吻（くちづけ）は永遠に不可能であると。そして、不可能であるが故にそれを求めてどこまでも飛び続けねばならないことを。

そうです。ミドリッコは欠如の蒼穹を旅しているのです。その欠如が何モノの欠如でもない大空を、ひたすら風の花嫁を追って、また追われるようにして漂泊しているのです。

そんな風の旅人であるミドリッコが、いつ、どのようにして有明島のガリ博士と知り合ったのか。それも超絶的なまでに非ロマン的ガリ博士と。ただし前にも言いましたように共通点はあります。それは声に対する愛着です。ミドリッコは絶えず風の花嫁の声に恋し、片や博士は奇声と妙ちきりんな音に踊り狂うという違いはあるものの、声と音に憑かれているということではそっくりです。だからいつか出会う運命にあったとしか言いようがありません。

　ミドリッコが北回帰線を過ぎて南へ向かっていたある時、反対に紺色の海を北上して来る島がありました。そう、有明島です。その島の山の頂上(てっぺん)から雲ひとつない空に向かって叫(おら)んでいる声を耳にしたのです。もちろん風の花嫁ではないことは分かりましたが、しきりに叫んで、それも身体(からだ)そのものまでも叫び声に化さんばかりに飛び跳ねていたので、といっても御世辞にもリズミカルとは言えませんでしたが、とにかく素頓狂(すっとんきょう)に身体を揺らしながら声を放っていたので、好奇心に駆られて島へ下りてみたのです。

　普通ならミドリッコのような由(わけ)のわからぬ風の詩人が、突然空から舞い降りて来たのですから、

「ナ、ナ、ナ、何だ、おまえは？」

と当然驚くはずですが、そして腰まで抜かしてしまいそうですが、てんで見当違いもいいところ、

「遅かったのう。来ると思っとったよ」

と、さもミドリッコの来島を予想していたかのように、のみならずミドリッコとは旧知の間柄でもあるかのように、ニコニコ、ニタニタ、さらにウッヒ、ウッヒ、アフー、パチンと喜んでいるではありませんか。そう、御想像のとおりガリ博士です。

　加えて奇妙なのは、ミドリッコの方もその変てこりん極まりないガリ博士に好感を持ったことです。たぶん、「あっ、これは人間ではないな」と直感的に閃（ひらめ）いたのでしょう。というのも、ミドリッコは長年の経験から、人間は地に根を張って増えようとする生物（いきもの）であるのに対し、有明島の山頂から腕を振り足を跳ね上げて欣喜雀躍（きんきじゃくやく）と空を呼ばわっているのは人間なんかではないとすぐ分かったからです。

爾来（じらい）、ミドリッコとガリ博士は、まっ、莫逆（ばくぎゃく）の友と言うのでしょうか、ミドリッコは旅の途中によく有明島に立ち寄るようになり、博士は博士でミドリッコにいろんな依頼をするようになりました。

15　放屁大会

ところで、有明島の行事の一つに、暖かい天気の日に有明山山頂で行われる全員参加の放屁大会があります。

「えーーっ？」

と、すぐに多くの方がびっくりされるでしょうね。確かに確かに。そしていったい何の為にそんなことをするんだろうと疑問に思われるでしょうから、こればかりはガリ博士に答えてもらわなければなりません。というのも、放屁大会は博士の発案だからです。

「で、博士、どうしてまた放屁大会なんか……？」

〈こりゃまた唐突だの。そういう御主（おぬし）は誰……？　おっと、ホーイ、ホイ、なるほど、そうかそうか、御主も参加したいのだな。歓迎、歓迎。何と言うかのお、放屁によって名と存在から逃（と）んずらするためじゃ。名前を捨てて、その名の下に凝縮された――括（くく）られたでもいいし象徴されたでもいいがな――とにかくその『……された』や『……られた』という事態をあやふやなものにしてしまうのじゃ。そして、あやふや――これも曖昧模糊でもいいし諸法無我でもいいがな――になれば、AはAであって常に非A、非Aは非AでありながらいつもBやC、いやXやYだっていいし、いんや、そうだA～Zのどれかである必要も無いだろうから。100や♪であったところでちっとも構わぬ。おっととと、記号や数字だってまだ何か表徴しているだろうから、そんなもん無視して放屁、屁の諧調が一番。ただ、それは一発ではいかん。一発だけなら、

「あっ、今のは誰だ？」

「臭い！」

「元気がないのう」

とか何とかアチコチから言われるだろうから、そういう指弾や批判を超越した諧調そのものとしての放屁の譜でなくちゃいかん。譜として奏されればもう誰も屁一発を気にかけなくなるし、それどころか聴き手を快い昼寝に誘うことだってできよう。だから、連続音であることがポイントじゃ。各自が連続音、それが二人分、三人分……、十人分と放たれる。これは青空までもが喜ぶ大合奏じゃ〉

「は～～あ……。それで？」

〈じゃからな、放屁の諧調の中に遁走するのだ。おおらかな響き、空を覆う共鳴音に耳も目も脳髄（おつむ）もさらして、スーーッと、スーーッとな、名と存在から浮き上がるのじゃ〉

「何だか、よく分かったようで分からないような……」

〈鈍（どん）よのう。よいか、フーガ[8]じゃ、フーガ、屁音界の中への遁走じゃ〉

「でも、どうして遁走なので？」

〈よいか、もう一度言うぞ。よおく傾聴するんじゃ。森に、山に、そして海にと屁音が流れてゆく。それらは反響し谺する。どこもかしこもその諧音で満たされる――ひょっとしたら臭いも強列かもしれん――その調（しらべ）を聞いている内に次第に感覚が洗われてくる。全神経は放屁協奏曲の諧調に包まれてゆく。意識なんぞ落ちてゆく。身体も透明になって浮き立ってくる。青空の酸素を呼吸する。諧調音はいよいよもって麗しい。そして存在が消え始める〉

「なァ～るほ……、さすがは……、フム、そうか、ウン、ウーム、でも……、そう、そうかなあ……でも、でも博士、仮に名前を忘れたとしてですよ、その名前の持ち主、名前を身に帯びていた者までが消えてしまうわけではないのでは？」

〈それについてはさっきもちょっとばかし触れたではないか。『凝縮された』とか『括られた』という言い方で〉

「そうでしたが……。でもですよ、博士。いくら意識があやふやになったとしても、生身（なまみ）の方はしっかり残るのではありませんか？」

〈そうよのう。御主、仲々冴えとるのう。よおし、相手になろうかのう。

そこでじゃ。二つの存在論が可能というわけじゃ。
（一）名前が脱落して存在の方も消える。
（二）名前が忘れられても、それは記号としての名が一時的に消えただけで、生身の方はちゃんと存在したまま。
（一）がワシ、御主は（二）。こうよのう〉
「はい、そうなります」

〈で、ワシとしては（二）への反論を捲くし立てなければならないわけだ〉

「そ、そうなりますが、別に捲し立てるほどの事でも……」

〈いんや、ワシは喋りまくろう。唸り立てよう。叫びまくろう。がなり立てよう。もしお望みとあらば咆哮（ほうこう）しよう〉

「いいえ博士、そこまでは……」

〈そうかのう。いつでも期待に応えられるんだが……〉

「それより博士、〈二〉への反論、それを望んでいるんですが」

〈仕方ないのう、では、一席やらかすか。よいか、耳の穴をかっぽじってよおく聴け。聴いた後は忘れてしまうぐらいよおく聴け。そもそもじゃ、名前というものは肉体に後から与えられた一種の符号であって、この符号の働きはというと他の多くの肉体から一個の肉体を区別すること、そこに名前の記号性がある。しかしじゃ、この段階ですでに素通りして知らんぷりできない問題がある。それは何で無数の肉体を一つ一つ区別しなければならないかだ。確かに肉体はその容量といい特徴といいどれ一つとして同じものは無いであろうが、だからと言って何故その差異について知らねばならんのじゃ。それとも何か？　差異の記号として名前があるのか？　差異なぞ見れば分かる。触れば分かる。叩いてみればその音で分かる。屁の臭いでも分かる。分かるには分かるが、分かったところでそれが何なのだ？　美しい曲線を描く肉体もあれば、見るや否や気絶してしまいそうな肉体もある。絹の触感を持つ肌もあれば、無限に続くぞ月面世界といった肌もある。叩けば空気まで律動させる肉体もあれば、叩いても叩いても陥没音しか残さない肉体もある。五月の朝未きの草原の香のような屁もあれば、自暴自棄になった熱帯植物のような臭いの屁もある。そう、実に色々な。じゃが、いろいろあってちっとも構わぬわけだ。どうしてすべてを区別し、その差異を知る必要がある？　知ったところで何の得がある？　どんな利便性がある？　いったい誰が知りたがっているのか？　えっ、誰が？

その知りたがり屋は、あらゆる肉体を区別し、世界中の物の差異を示す記号を手にして、そしてついでに自分と自分が駆使する記号との差異まで按配して、さて、それでどうするのじゃろう？　何もかもを記号でもって整理し分類し秩序づけようとするんじゃから、実に御苦労なことだ。記号でもって分ける。弁別する。確かにそれは知識世界の入り口ではあろう。しかし、何でまたわざわざそんなことをする？　答は簡単だわな。それは人間がこの三千大千世界を主宰したいから。そしてその位置を確認し続けたいから。それだけじゃ。フン、阿呆くさっ。で、阿呆らしさついでに、じゃあどうして人間は主宰者としてあり続けたいのかという問いにも答えてやると、これまた超簡単。生きて闇夜を照らすため。つまり生の安全を確保し続けるためじゃ。そんで、この続けるが歴史、歴史の中に蓄積された知識が記憶、記憶の深化と大脳の進化は並走しながら無限、が、そのうち破裂するのが必定。むろん、破裂すれば溜めに溜めた知識と技能をもって大脳に代わる機関（オルガーン）を作り出せばいいだけ。やがて作り出す側が作り出され、作り出されたモノが更に作り出す側に廻り、そうやってグルグルとやっていけば、人間という機関は忘れ去られる。ホーイ、ホイ、さてさて、人間はどこへ行った？　となる。

ほうれ、ナッ、記号としての名前の末路はこんなもんじゃ。人間なぞ行方不明となってしまう。人間は滅ぶ。名が人間を消去してしまう。人間だけでなく、在りとあらゆる物がそのままにして何ものでもなくなる。これぞ存在からの脱出じゃ〉

「で、博士、放屁の方は……」

〈おお。そうじゃった、そうじゃった。だからな、その、何じゃよ。つまり、名前や歴史、記憶から飛び出して、ポンポンポ～ン、いや、プンプンプンとかブ～ブ～プスかな、とにかく屁音協奏曲変へ長調の中に遁走すれば、どんな存在もどこかへ消えてしまうということだ。これよ、これ、これこそ放屁大会の理念にして極意というもの〉

「ちょっと気に掛かるんですが、どうして消えたり滅んだりする必要があるんですか？」

〈御主は阿呆よのう。ここは有明島じゃぞ。滅びの明るいあかる～い島だぞ。人間であったときの歴史も記憶も透明になって、記号も言葉もタンポポの綿毛のようにフワフワと浮いてしまう、そんな島だぞ。そしてワシは村長というか島守(しまもり)というか……、まっ、それはどうでもよいがな。

でな、放屁、その連続音の諧調は、時間から飛び出るための最大のチャンス、時間に風穴を開けるには持ってこいの所作じゃや。この天上の音楽は参加者全員の放屁をもって可能となる。有明山上空に風と睦みながら変へ長調の妙音が流れる。耳が音へではなく音が耳と化す。旋律は血管を通って全身を

巡る。踊り始める者もいる。皆がステップを踏む。青空を泳ぐ。何人かはきっと昇天してゆく……〉

16　放屁大会当日

さて、今日はその放屁大会の日です。誰よりも早く有明山山頂に来たのは言うまでもなくガリ博士で、はや三発の連射音、山頂から南の方の海へ向かって、決してきれいとは言えぬ生尻（なまじり）を突き出して、高らかに斜め五十度、雲がのんびりと漂う晴れた空へ、

ブホォーーン、

ブホォーーン、

ブブブブブーーッ

と、臓腑も飛び出さんばかりの高射砲。島のあちこちでそれを聴いた住民たちは「そうか、今日はあの日か」と、放屁への誘惑に突き動かされながら皆山頂へと急ぎます。山頂といっても島自体がなだらかな低い山といった形状の有明島ですから、登るのにたいした体力が要るわけではありません。それに山頂自体も緩やかな傾斜の草地で、昼寝にももってこいの場所です。

博士が連弾の反復を試みている間にも、梅ばあちゃんや爺、イボ助やガリ子がもう準備体制に入りかかっています。彼らが下穿(パンツ)に手を掛ける頃には、ポランスキーや雪之丞、サッちゃん、エッちゃん、ヨッちゃんの三人組もやってきましたが、果たして乙女である彼女たちも放屁するのでしょうか？いえ、したがっているのでしょうか？　それはともかく、カトリーヌは興奮しながらやってきましたし、その後からはやはりニコニコといつも通りのカー坊も到着しました。さすが、美貌のカトリーヌです。パンティーは下ろしてもその白くて豊かな美尻(びけつ)は薄い布のようなもので被っています。（お尻の反対側はどうしてるのでしょう？　何らかの対策をとっているのかそれとも無策なのか？　こっちの方が関心事ではありますが）それを見た梅ばあちゃん、何を思ったのか、皺くちゃの尻（けつ）を前掛けのようなもので隠そうとするものですから、着いたばかりのイエスが横から「野の花を見よ、煩うこともないし、紡ぐこともない」と声を掛けると、ブッダも着いて「野の花もまた幻影（マーヤー）に過ぎぬ」と反論してまた口論が始まりましたが、その間にもガリ博士は快調に大空を響かせていますし、イボ助も、

ボス、ボス、ボス、ブスーッ、

ガリ子はガリ子で、

ピー、プンプン、プス～～ッ、

次第に有明山上空が賑やかで楽しくなってきました。

三人の乙女はどうしたものかと悩んでいたようですが、カトリーヌと梅ばあちゃんが大放屁の前の深呼吸をやっているのを見て、どうしたことか、エデンの園のイヴよろしく、とうとう上半身下半身の全面解放、しかも暖かいそよ風にくすぐられてうっとりしています。これには爺といつの間にか山頂に着いていた隠者の血は奔流さながら。三乙女の両側にそれぞれ陣取って、自分の尻(けつ)を剥き出しにすることは全く忘れて、爺は右目をめいっぱい右に動かし(爺の右にはサッちゃんがいます)隠者の方はヨッちゃんへ左横目で「南無観音大菩薩(なむかんのんだいぼさつ)」とか何とか意味(わけ)の分からないことを呟きながら、今まで一度も聴いたことのない自分の鼓動が体中を走り回り、やがて破裂するのではないかと思われるほどの超興奮状態。これじゃあ、とても自分の放屁どころではありません。しかし、唾(よだれ)を垂らして卒倒しかかっているこの二人を気にもしていない三人のイヴ、サッちゃん、エッちゃん、ヨッちゃんは、

プー、
ピー、
ポー、

と音合わせをした後、光沢のある桃尻（ももじり）を右に回すようにして、いよいよ……。両脇の爺と隠者は半分気絶して手足をピクピク震わせています。ところが、その震えている爺の右手の指が偶然隣のサッちゃんの左太股の側面に触れ、これまた偶然隠者の左手の二本の指が横のヨッちゃんの右のお尻に当たり、それが刺激になったのでしょうか、揺れていた乙女たち三人の桃尻の奥から、ついに

プォーン、
ピヒーン、
ポコーン

と、高らかに澄んだ音が発せられました。それも何度も何度も繰り返しです。とうとう爺と隠者は仮昇天してしまいました。

もちろんかつては乙女だったカトリーヌも負けてはいません。その婀娜な美尻からは艶なる調べで、

プワワワワワ……、ペワワワワワ……

それに梅ばあちゃん、かつてのずっとずっと以前には乙女であったかもしれない梅ばあちゃんも、皺くちゃのお尻を高々と突き出して（ええ、気持ちだけですがね）、《大空よ、我ケ音にのみ耳を傾けよ》と言わんばかりに、しかし掠れ切った単音で、

プヒ、プヒ、ヒー

とやり、時折音が途切れそうなときは、消化できず直腸（はら）の中に残っていた梅ノ実を三、四個スパーン、スパーンと発射していました。が、こっちは空に向かってではなく有明山の麓の方へと弧を描いて。その軌道は意外ときれいでしたよ。

もう変へ長調の演奏は始まっています。何といってもガリ博士のコンサート・マスター振りはたいしたもの、他の者が休憩したり尻や音の具合を調節している間も絶えず晴れた空を震動させています。むろん、イボ助やガリ子だって負けていませんし、ポランスキーや雪之丞も段々エンジンがかかってきた様子――因（ちな）みにポランスキーは青白い低音（バス）の放屁音、雪之丞は鋭く切れ味のよいテノールです――カトリーヌの魅惑的な連音はガリ博士のを輪唱しているようですし、梅ばあちゃんから放たれる……（これについてはパスさせて下さい）あの乙女三人組の、色までピンクに染まった上昇ガスはさしずめハープの音色のよう、爺と隠者の気絶は昼寝へと移行してしまっています。そうそう、カー坊も楽しそうにお尻を振り、森の匂の染みた少し水気のある音をシャボン玉のように次から次へと発しています。ブッダとイエスはまだ議論のさなかで演奏の役には立ちそうにありません。時々飛ばされる赤い梅ノ実（言うまでもなく梅ばあちゃん）の一つが、山頂へようやく登ってきたモロイの額に当たり、これがまずかったのか、モロイは、

「赤い実、青い実、黄色い実、何故赤であって青でないのか。何故青であって黄色でないのか。何故黄色であって赤でないのか。色について何故『何故』を問うのか。音の中の色、色の中の音、感覚連合や一致、連合や一致が生じている判断するのはやはり感覚なのか、それとも……」

とやり始めたものですから、すぐ後から介添えとして付いてきたガランジャは、山頂からの心地よい音楽に耳を傾けながらモロイの背中を押して「モロイの屁はきっと暗く、くすぶった音だろうなあ……」

このガランジャ、何を隠そう、実は声の探求者なのです。ですから、放屁音は下半身から発射されるとはいえ、それもまた声だと考えているガランジャにとって、今日の大放屁大会は貴重な研究材料の一つとなるのです。ただ、これまでの研究内容やそもそもの研究目的等に関しての詳述はどこか別のところですることにします。

ところで、…ランジャの一人、サランジャはどこに？　姿は見えませんが、もうとっくに来ていました。それは恋人のエッちゃんのすぐ近く、ということは三乙女のすぐ近く、三人がその桃尻を風に嬲らせている所から三メートルほど下の斜面の窪地、そこでたっぷりエッちゃんのお尻を堪能しようと思って隠れていたのです。ところが、プフォーン、ピヒーン、ポコーンの可愛い音だけからは、それに三つのお尻はどれも色も形も触感も似ているので——いつ触ったのでしょう？——どのお尻がエッちゃんのか判別し難く下から見上げているぶんには分かりません。そこで一計を案じて、自分の方が山頂の乙女たちの方へと向けてコポーン、コポーン、プー、ポンと放屁してみて、それに応える音がピヒーンと返ってくれれば、それがきっとエッちゃんに違いないと思い込むことにしました。もちろん思い込みでいいのです。だって、放屁大会で奏でられる変へ長調協奏曲において、大事なのはその楽音の響きであって、無数の妙音から濁った音までの、あるいは清らかな高音からもうほとんど下痢に近い音までの、それぞれの奏者が誰であるかの特定なぞどうでもいいことだからです。

空に流れて満ちてゆく響きはいよいよ佳境に入ってきました。その曲は実に朗々としています。島の周囲の明るく輝いている海もサワサワと波立っています。歓喜の音の符が響きます。

ブホォーン、ブブブブブー
ボス、ボス、ボス、ブスーッ
ピー、プンプン、プスーッ、
プ〜、ピ〜、ポ〜、

プォーン、ピヒーン、
ポコーン、ポン、
ブヒ、プヒ、プヒ
　　スパーン、スパーン
ブス、ブス、ボス、
ポシュッ、ポシュッ、プ〜

また

ブホォーン、ブブブブー
ポコーン、プン、プン、
プォーン、
ピヒーン、
ポコーン、

コポーン、コポーン、ポン

まことに清朗。演奏者たちも法悦至極。
ガリ博士は、

ウキィー、ヒヒヒヒー
と叫び、
梅ばあちゃんは、目の玉を剥いて
ンボッ、ンボッ、ンボッ、
イボ助の、
イボー、イボー
と空に向かっての奇天烈な笑い、
ガリ子の、鼻息荒く
アンタタチサー、アンタタチサー

と怒りながらの興奮、
カトリーヌは、
アッ、ア、柔らかい風が股間を……
と唇を上へと突き出し、
三人のイヴは互いにお尻を抓り合って、
ウワァー、
モ、モ、モットよ、
イ、イ、痛い、でも、それが……
けれど爺と隠者は、気絶した夢の中で、
桃尻、桃尻、まあるい桃
と一緒に呟き、
サランジャは、
コープラ、コーポラ、ポラポラポラポラ
と忘我の様、

えっと、ポランスキーは
オッ、オー、ガリチアよ、カルパティアよ、
雪之丞は、
チュバ、チュバ、チュ〜〜、

まだ放屁してないガランジャは、両耳を立て、そこに谺する無数の音と声とを無意識の裏側へと溶かしながら、遠く水平線の彼方で空騒(からさわ)ぎしている綿津見(わだつみ)の歌すら聴き落とすまいと、島から海、海から有明山へと拡(ひろ)がる全反響に陶酔しています。酔いながらもさすがは声の探求者、主旋律はあのブホオーン、ブホォーン、ブブブブーだと感得しています。

17

有明島にやってくる前のガランジャはもちろん人間世界

に生きていたのですが、その世界である明晳な絶望に陥り、そんなことは忘れようとあっさり結論、ガリ博士を慕って有明島の住人となったのでした。

まず、そのある明晳な絶望ですが、それは人間は言語でもって世界をも自分をも読み取り、そこから永遠に逃れられないということです。人間が言語の囚人であることにガランジャは絶望したのです。世界に対する認識や同定から初まって、分析、説明、解釈、体系化と続く無限は、すべて記号や数も含めて言語を媒介としており、この媒介なくして人間は世界に触れることはできません。世界の方だって、自然を基盤とし宗教を頂点とした幻影のようなものとして人間を支えかつ包摂しているだけ、つまり人間中心の相貌を与えられているだけで、それはいつも言語という透明な糸で編まれているのです。感覚、思考、判断、そして行為に至るまですべて言語によって遂行されていて、それなしには人間はわずかにだに動けません。誰かが憎しみや愛情を感じるのは言語によってですし、思考は細微であればあるほど言語を多岐に渡る水路へと導き、想像力はむろん言語の翼に乗って飛翔するしかなく、真偽の判断には言語によって構成された証明力が、善悪の判断には時間という か慣習の中に織り込まれた言語の力が、言語と非言語との境で揺れている美醜についての判断もやはり言語、たとえ「判断は言語によって陳述されようと、その陳述は善や美それ自体ではない」と消極的反論がなされても、そ、、、、れ自体なんてものは自己に憑かれた言語が夢見る絶対性の名残りのようなもの、いわば言語自身のナルシシズムに外ならず、どんな種類の判断も結局は言語に縛られています。そして判断は行為に影響を与え、いや、影響どころか判断即行為に外ならず、ここでも言語の底力の大きさに痛打されるばかり。感覚と無意識の果てまでを囲い込んでいる言語の牢獄、その広さと深さは無限大と言っていいほどです。

ガランジャはこの牢獄から遁走しようと考えたのです。どう足掻いたところで、自分というものが言語の妄想系の中にいる以上、所詮自分やそれに類するものは全部嘘でしかなく、そして真もまた同じマーヤの中にあるのだから嘘=真、真=嘘で、ここから逃れるには人間を止める外なかったのです、ある時ある人が、ガランジャに「そんなに言語を拒否するなら、一切言語を使わずに沈黙を決め込んでしまえばいいじゃないか」と意見したのですが、ガランジャは「沈黙こそ言語の最大の貯水池じゃないか」と一蹴してしまいました。

　まあ、そんなこんなで、有明島のガリ博士の下へ馳せ参じたのです。博士が声と音の達人であることは風の便りに聞いていましたし、何よりも有明島には音の祭典ともいうべき放屁大会がありますから。そもそもガランジャに言わせれば、声や音は言語ではありません。もちろん言語に代わる道具ではさらさらありませんし、生きて在るものの存在証明となる聴覚媒材でもありません。じゃあ何なのか、と尋ねてみても、どうせガランジャのことです、「〈何?〉という問いとそれに対する答えは所詮言語遊戯でしかない」と言うだけでしょう。そこで彼の考えを勝手に推察してみるに、声や音は滅びの徴標、消え行くための挨拶というようなことではないでしょうか。

　有明島でガリ博士の弟子となり声の探求者であろうとすること、それは百面相をしながら叫び、のたうち回ってブーッと放屁一発、目を剥き出して笑い、斜面を転げては唸る、バタバタと腕だけで飛びながらニンマリと微笑んだり、意気軒昂としおれてみたり、地面の昆虫に説教するのかと思えば樹に抱きついたり、ヒヒヒヒヒーと駆けてみたり、尻振りダンスに興奮して空に向かって吼え、その谺に自分でびっくりして尻もち、尻をさすりながらウッフン、誓文とも念仏とも区別のつかぬ阿呆陀羅経を唱えながらスキップ、スキップ、小ちゃく可愛いふぐりもスキップ、スキップ、どうしてだか爺と梅ばあちゃんもスキップ、スキップ、梅ばあちゃんの短いガニ股は高くは跳ね上がらないけれども気持ちだけはスキップ、スキップ、爺はもう足はとても上がらないから首だけ前後にスキップ、スキップ……とまあこんなことです。

そういえば、ガランジャが初めて有明島の海岸に着いて、澄んだ空気に気持ちよく深呼吸し、静まりかえった有明山の方を見上げた時、山頂の向こう側からガラーンガラーン、ガランガラン、ガーララと、のんびりとした、しかし高くて硬質な鐘の音が響いてきて、その透明な音に全くもって魅了されました。音の享受者たらんとするガランジャにとって、偶然とはいえこの歓迎ぶりは実に嬉しいものでした。有明島に来て良かった、やはり有明島だと心から思ったのです。ただし、本当に有明島のどこかに鐘があってそれが鳴った音だったのか、それとも単にガランジャの脳裏だけで響いていたのか、そこのところはよく分からないのです。実際、ガランジャは島に暮らすようになって、散歩の道々鐘楼を探してみたのですが、ちっとも見つからずじまい。それで今は「鐘の有無など問題じゃない。見つかったところでただの鐘。今なおこの身体を満たしているあの響きこそすべてなんだ」と独りごちています。

不思議なことがもう一つ。それはガラーンガラーン、ガラーンという鐘の音ないしは幻聴音と、ガランジャという名との間の音韻上の一致で、この符号は単なる偶然とはとても思えません。ですが、ガランジャにとって有明島は喜びの島ですから、もうそれだけで十分のようです。

ここで、ちょっとだけ弁疏を挟みます。というのも、いま、有明島を喜びの島と言いましたが、別のところでは滅びの島と語っており、まるで反対のことを平然と言い放ってしまっているからです。

しかし、そこには何ら矛盾は無いのです。何故なら、有明島は滅びを言祝いで、つまり人間であること、あったこと、あり続けることを全部捨てて、もはや人間とは無縁の新しい存在へと超脱して、声の法悦に生き、音の酔狂に生きる、そういう島だからです。

ここは奇声や叫び声、放屁音や幻聴音が当たり前に流れている島です。皆、能天気の似た者同士、一緒に鬼ごっこもすれば駆けっこもします。合唱に演奏、体操や競争もです。そしていつだって声や音、唸りだらけです。有明島という大きな一つの子宮がいつもむずむずしているのです。もちろんその声や音は、天気や気分、時々はガリ博士の誘導によって変わりますが。

18

極楽荘の娯楽室にはピンポン台があって、有明島ではめったにない雨の日などに、昼寝にも飽きた者が集まってきて興じることがあります。やり方はちょっと変わっていて、打っている二人がどれだけ長くパカン、ポコンと打ち続けられるかだけが大事で、速い玉を打ち込んだりわざとカーブさせたりして相手を打ち負かすなんてことはやりません。打ち負かせばもうパカン、ポコンという快い音を聴けなくなるからです。聴けなくなると、何かこう、身体（からだ）の底から心が曇ってくるのです。だいいち、打ち負かしてしまえばただラケットを握ったままボォーッと突っ立っている外なくなるではありませんか。為すこともなくただぼんやりと立ったままでいる。

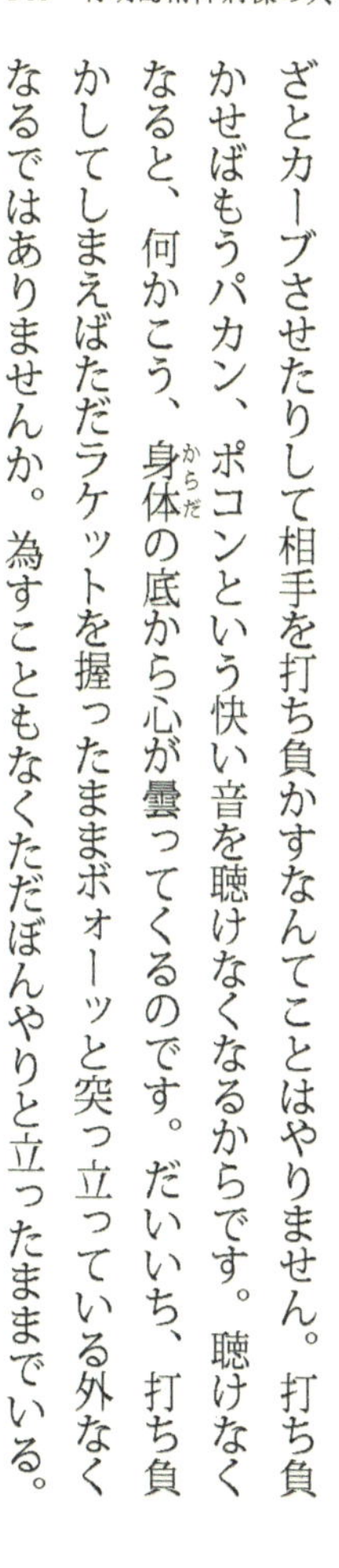

これはもう病気の徴候です。だって、立ったまま残された者は、残されたという意識だけが肥大して欠如感に襲われてしまいますから。この欠如の広大な沙漠、そこに人間のあらゆる病(やまい)の根源があるのです。人間とは何か？　それは欠如に取り憑かれた者のことです。

が、有明島に住んでいるのは元(もと)人間、欠如どころか自己なんてものはさっぱり持ち合わせていない者ばかり、病のヤの字だって知りません。

で、まあ、そんなこんなで、ボォーッと立ったままということはなく、早い話が当事者の二人が同時にラケットを放り出すまで半永久的に打ち合うというやり方のピンポンなのです。特にガリ子とイボ助のペアーが一番上手で、二人が放つパカン、ポコンにはリズムもあり、ヨッちゃんの腕時計で測って四十分前後ぐらい。（有明島と時計？　あまり似つかわしくない組み合わせですが、時計は三つだけあります。一つはヨッちゃんの古い腕時計、二つ目は真北に向いて長針と短針が重なったままの、もちろん動いていないモロイの置時計。そして食堂の壁に、これまた止まっている大きな掛時計）だからヨッちゃんの腕時計だってあまり当てになりません。けれど時間に拘泥ることとは無意味です。それは所詮欠如を抱えた人間の病でしかありません。人間なんか捨てて元人間へと一足飛びにジャンプ、ほうら、時間なぞ過去の遺物となってしまいます。

で、ガリ子とイボ助のピンポンですが、それが実に見事なラリーなんです。二人が打つピンポン玉の軌道は全く同一の弧を描き、玉が落ちる場所も真ん中のネットに垂直に交わった白いセンターライン上、それもラインの一番外側からほんのちょっと手前の位置、そこを外れることはありません。さらにすごいのは、ガリ子がイボ助の方へ打つ時は常にパカン、逆にイボ助がガリ子側へ送るときは間違いなくポコンの音で、玉の軌道、落ちる位置、パカンーポコンの反復強迫的な同一性の素晴らしさ。いや、素晴らしいとかいった生半可なものではなく、聖なる三位一体、聖にして静なる異常と言う外ありません。シーンと静まり返った娯楽室での半永久的な四十分、傍らで見ている者たちもその三位一体に洗脳されてピンポン玉と化してしまっているのです。

ところが、二人のラリーで驚嘆することはまだあるのです。それは二人の顔の表情と身体(からだ)の動きで、まず顔の方から言うと、ガリ子がカッと目を見開いて玉を打つと、それを返すイボ助の方も目をカッと見開いて打ち、ガリ子がニコッと笑ってラケットを振るとイボ助もニコッと振り、ガリ子がラケットに玉を当てる瞬間ハシッと自分の額を叩けばイボ助もハシッと、ガリ子が鼻をほじりながら打つとイボ助もまたといった具合で、まるでガリ子は自分の鏡像と、イボ助はイボ助で自分の鏡像と打ち合っているようなのです。となれば、ガリ子はガリ子にしてイボ助、イボ助はイボ助にしてガリ子、ガリ子はイボ助にしてガリ子、イボ助はガリ子にしてイボ助、ガリ子はガリ子なのにガリ子でなく、イボ助はイボ助なのにイボ助でなく、はたまたガリ子はガリ子でないのにガリ子のまま、イボ助はイボ助でないのにイボ助のまま、だから半永久的にガリ子はイボ助でイボ助はガリ子、どこまでも欠如とは無縁にパカン、ポコン。さすがは有明島のピンポンゲームです。

という事情ですから、もう二人の身体の動きについての解説は省略して、別の組み合わせの紹介に移りましょう。サッちゃん－梅ばあちゃん組です。確かに梅ばあちゃんはいろんな場面で登場しますが、その特異な個性からすればそれも当然のことかとどなたも納得して下さるでしょう。その梅ばあちゃん、ピンポンではサッちゃん相手に大奮闘。といっても、ガリ子－イボ助組のような半永久的なパカンーポコンの見事さではなく、半永久的という点では同じでもピンポン玉を打つどんな音も聞こえません。玉は行ったり来たりしているのにその音は聞こえない、が、何のことはない。それは二人の発する濁った奇声のせいなのです。梅ばあちゃんなら奇声も発するだろうけれど、若いサッちゃんまでもが変な声を上げるのは意外なのですが、やはり若いせいで感応しやすいんでしょう。梅ばあちゃんに釣られて、ぽっちゃりした顔からは想像できぬ声でンゴーッとかホゲーとか叫びます。

どんな具合かと言うと、目を真ん丸にした梅ばあちゃんが、小躍りするように跳ね上がってオンドロシャーと発して打ち込むと、サッちゃんはピンポン台の右手の方にサッと動いてンゴーッ、負けじと梅ばあちゃんは玉を打ち返しながらオボコアホー、まだまだ余裕のあるサッちゃんはバーバ、ペッペと唸って、左手で自分のお尻(しり)を叩く、唸り叩きながら玉を打ち返す。梅ばあちゃんは次第に血が上(のぼ)ってきて、猪突猛進のイノシシさながらの声でブヒーッ、ブヒーッと繰り返しながら、ラケットを右耳辺りから玉も割れんばかりに真下に振り落とす。その玉のスピードの速いこと速いこと、とてもサッちゃんは打ち返せまい。が、さにあらんや、若くて反射神経の良いサッちゃん、右斜め後方に移動して、玉をしっかり見据えてラケット上に捕え、ザンパ〜ノ、ザンーパア〜ノ。呪文のようなその奇声に怖けるはずもない梅ばあちゃん、今度は戻ってきた玉を高く二メートル近くの山なりに返して、それが相手側の台の上に落ちるまでの間、ブヒヒヒヒ……、若いのう、グウァハハハ、オボコよのぉ、ベロンチョベロンチョ、ケケケケケ、このばあはのう、このばあは有明島の梅ばあ、竹ばあでも松ばあでもない梅ばあ、ブヒ、ブヒと一気に攻勢。むろんサッちゃんも負けてはいません。ピンポン玉をさっきの梅ばあちゃんよりももっと高く二メートル半ぐらいの高さにコントロールし、やはりそれが向こう側に落ちる間に、クルッと回転して梅ばあちゃんに尻（しり）を向け、さらに振りながら、

ンゴーッ、ンゴーッ、
婆（ばあ）の髪は巻き巻きウンコ、
ホゲーッ、ホゲーッ、
婆の胸は垂れヘチマ、
ンゲーッ、ンゲーッ、
婆の背丈は三頭身

と、由（わけ）の分からぬ歌もどきを放唱。が、それが良くなかった。梅ばあちゃん、とうとう怒髪天を突いたのか、そんなことが可能かどうかはともかく、ピンポン台の高さよりも高く飛び上がり、デヤーッと右手に握っていたラケット

をサッちゃん目がけて投げつけました。ところが敵もさる者、飛んできたラケットをひらりと躱し、反対に自分のラケットを梅ばあちゃんへと真一文字に放つ。顔面に直進してくるラケット、遂に梅ばあちゃんはやられたか？
と、その瞬間、ラケットは

スー、セヤッー

という声と共にパカッと真二つに割れて、カラン、コーンと床に落ちたのです。何と、梅ばあちゃん、真空幹竹割の秘技です。これにはサッちゃんも含め周囲の誰もが茫然。口をあんぐりと開けたままです。そのときの娯楽室の静まり返った空気。や、や、やはり、梅ばあちゃんは有明島第一級の女性（？）です。

とまあ、梅ばあちゃんとサッちゃんの半永久的な奇声と活躍は以上のようなものなのですが、ピンポンをしていない時の二人はとても仲が良く、サチ坊、梅ばあと呼び合って、よく散歩にも出かけています。

19

ある晩、イエスは無明堂の全員をたたき起こし、ただし深い睡眠の中にあるのか住生しているのかよく分からないブッダはそのままに、信仰室に集めて説教を始めました。以前から一度、有明島の者たちに自分の高邁な思想を伝えなければと思っていたイエスは、とりあえず無明堂の者をその聴き手にしようとしたのです。日頃仲の悪いブッダは邪魔くさいので、うまい具合に涅槃と大鼾との間を行ったり来たりしてくれているのがもっけの幸い。皆を自分の弟子にするいい機会と考えたのです。ただ、モロイやマゾッホ、イブン＝バツゥータ、雪之丞にポランスキー、これらの連中を相手にどれほどの効果が有るか、それが問題です。しかし、いつも話したくて話したくてウズウズしているイエスにとって、効果の有無は二の次です。それに、何となくですが、自分のことを有明島の能天気たちが馬鹿にしているように感じていましたから、多少なりとも名誉挽回の必要もありました。

それでまず、

〈あなた方は目醒めるべきだ〉

と切り出しました。

「あんたが起こしたんじゃないか。おお、アラーよ、こやつが悪魔に食われますように」

とはイブン＝バツゥータ。

〈何を言うのだ。そっちの目が覚めるではなく、人間としてだ〉

「人間とは誰のことだ？　一度会ってみたいものだ」

これはモロイ。

〈あなた方は人間ではないか。どんな事情でこの島にやってきたにせよ〉

「その人間は罪の楽しさを知っているかな。知らないようではつまらないな」

とマゾッホが言うと、モロイも
「人間の何が問題なのだ？　そんなものに何か意味があるのか？　その意味というものすら何のことか分からないのに」

〈あなた方はもう人間であったことを忘れたと言うのか？〉

「アラーの御心（みこころ）のままだ」

むろんこれはイブン＝バツゥータ。

〈わたしはすべての人間のためにこの世にやって来た〉

「それを依頼したのはどこの藩の者だ？　それとも洋学の士か？」

これは雪之丞。そしてポランスキーは
「ここは有明島。この世とやらの外」

〈何を言う。わたしこそこの世の外から遣（つか）わされた者。あなた方を救うために〉

「どうしてそんなに人間に固執するのだ？　それはあんたの偏執でしかない。この島には人間と呼び得るようなものなどいない」

モロイがこう言うと、雪之丞も
「ひょっとして御主（おぬし）、来る所を間違えたのでは？」

〈まだ気付かないのか。あなた方は罪の中にあってそれを知らないのだ〉

「知ってるとも。罪を知り、それを楽しみ、楽しみの果てでは罪が消失することも」

言わずと知れたマゾッホ。

〈悔い改めねばあなた方は滅びるであろう〉

「あんたが勝手に人間だと思い込んでいる相手、そう思った方があんたにとって都合が良く、あんたの権威のために必要とされている相手に、幾ら『悔い改めよ』と言ったところで、あんたによって人間と決めつけられている相手の方は、痛くも痒くもないさ。その幻想としての人間に対して、あんたは滅びを突きつけるが、結構なことじゃないか。滅びこそ喜びへの道ではないか」

モロイ。

〈この世には罪の中にある者、すなわち人間と、それを救う者以外はいないのだ〉

「有明島はこの世の外」

ポランスキー。

〈偽りを語り、偽りに生きるのは止めよ。わたしがやって来た以上、ここがこの世のはずだ〉

「あんたこそ罪という物語の作者だろう。あんたは罪を自分の快楽の泉としているようだから」

とマゾッホ。

〈あなた方は下から出た者であるが、わたしは上から出た者である。あなた方は罪に満ちたこの世から出た者であるが、わたしはこの世から出た者ではない〉

「有明島はこの世の外。といって、この世の上にあるんでもない」

と。またポランスキー。

〈では、この島はいったいどこなのか？〉

「本当に頭の悪い奴だ。どうしてどこかである必要があるんだ？　島もあれば海もある。空、月、星、一本一本の樹、高く真直ぐに伸びた樹もあれば、短くて曲がった樹もある。島には斜面、草原、畑、浜辺や岩場、森、丘、山頂、山頂の上の空、その頂上の……」

話が長くなるのは決まってモロイ。まだ終わりません。

「建物もあれば小屋もある。ガラス窓はないが木窓はある。泉も川もある。空間なら無限にある。ソコ、ココ、ソコとココの間、間と間の間、間がないところにもある。眼球は顔に造型された空間、穴だらけの身体（からだ）もまた空間、それらが触れ合い、呼応し……」

突然、マゾッホの侵入、そして以下のように。

「穴は夢の入り口にして現（うつつ）の出口。

　夢は底闇深く響く声で、
　現（うつつ）は地あまねくに満ちる言葉、

声は悦びの中で光と出会い、
言葉はロゴスの地獄巡り、
夢はこの世の外での舞踏、
現はこの世を包む経帷子（きょうかたびら）、
声は時空を形骸化し、
言葉は時空を形式化する、
おお、穴よ、
猥雑にして逸楽の穴よ、
おまえを通って……」

「呼応し合えばすでに境界もなく、ココはソコで、ソコはココ、コッチはアッチで、アッチはコッチ、カナタはすぐソコで、すぐソコはカナタ。

ココがカナタでソコがすぐソコ、コッチの手はアッチの脚で、アッチの手はコッチの右目、右目の隣は左目か右耳、ぐるっと回れば左耳、耳から顎へはたいてい曲線、ときには角線、線は空間を縁取るのにその空間が不明、不明なのに形はある、形はあるがどこにも空間はない。いったい目が空間を測るのか、それとも空間が目を固定しているのか、目は空間の内にあるのか外にあるのか、そして……」

「アラーの目以外に目はなし」

〈言葉を弄ぶ者たちよ。本当の言葉はこ、、の世の初めにあったのだ。『初めに言葉ありき』と。そしてわたしはその言葉を伝える者なのだ。だから、わたし以前に言葉はないし、わたしより以後はわたしの語ることが真（まこと）の言葉なのだ〉

「御主、随分と糧見が狭いよのお。自分のことしか話さないとは実に不遜極まりない」

珍しく雪之丞。モロイはまだ喋り続ける。

「そうだ。俺は言葉を弄んでいるかもしれない。しかし、あんたは言葉を我有化している。何の根拠もないままに言葉の源を自分にだけ置いている。何故、そんな絶対性を持ち得るのだ？　無根拠のまま絶対化、どうしてそんな芸当が可能なのか？　もし言葉が初めにあってそこから何かが生じるなら、言葉によって把持できるあらゆるものが可能となるじゃないか。言葉は世界を無限に語ることができるし、その無限の中ではこの世もこの世の上もただの点景でしかないではないか。当然、あんたが言う罪や救いも言葉がとる一つの形式でしかない。それなのにあんたは罪と救いという言葉だけで何もかも断罪しようとする。断罪することによってあんた自身を絶対化する。それを無意識の底に隠し込んで、人間というものに対する権威者、支配者たろうとしている。つまり、あんたには人間というものが必要なのだ。あんたの方がその人間に寄り掛かっているのだ。人間、それも罪としての人間を設定しない限り、あんた自身が危ういのだ。人間などどこにもいないのに、あんたは自身の滅びを異常なまでに恐れて無理矢理人間なるものを存在させ、そんな幻でしかないものを審こうとしている。滅びへの戦慄があんたに据傲を選択させ、忘失されるのではないかという不安が絶対を選択させるという転倒、その転倒によって手に入れた場所に居座り続けようとしてあんたは人間なるものを必要とする。あんたは人間なるものを食(だし)にして自身の存在証明とする。が、あんたなどいてもいなくてもいい。あんたさえ消えてしまえば、罪として設定された人間どころか、人間なるものという仮定もあっさり捨てられる。そしてあんたがこの世にやってきた理由(わけ)とやらも消えてしまう。あんたも、あんたが存在する理由(わけ)もなくなってしまう。たったそれだけの話。

なのに、今、あんたは有明島にいる。あんたはもはやあんたではない。あんたは虚(きょ)、空っぽなのだ。それ以外の何である必要があるのか？」

〈エリ、エリ、レマ、サバクタニ、

エリ、エリ、レマ、サバクタニ、

エリ、エリ、レマ、サバクタニ……〉

と呟きながら、イエスは信仰室から去って行きました。

20　詩および声◎の乱反射

嫋(たお)やかな午前があったし、今なお……
穹窿(きゅうりゅう)の呼気とすずしげな山頂の陽炎
島の緑の写映
光の海からは遠く時間を洗う風

垂直に乾いた真昼があったし、今なお……

天気輪(てんきりん)の果てへと消えてゆく蒼(あお)い眼と
両の腕(かいな)のように空へ伸びてゆく稜線
水晶球に包まれて島は

無重力のステップを踏む
夕間暮はいつもそっと駆けていった
昼の陽に羞じらい残照に擽られながら
アッハと声ひとつ残して
島は透明な真夜中への期待に小躍りする

その夜の中天には金色の円弧
森では声の狂宴
その裸形の声の高い無機音と
地の裏まで転げ回るおおどかさ
樹々と草々の饒舌

昧爽にあってはどんな胎動もない

時間(とき)の疼きはまだ地(ち)の臥所(ふしど)に横たわっている
凝視された眼は地平の彼方へと曙光(しょこう)を押しやって
露ヶ原をかき抱いている

午前が嫋(たお)やかに忍び寄る
空の紺青はいつの間にか融け
山のそこからの新しい風が小さく巡る
静寂(しじま)の帳(とばり)は上げられ
瞳を濡らした緑が蒼穹へと恋をする

以上は独白でもありますが、また声◎の狂宴のイントロダクションでもあるのです。で、その宴、あまりにも明晳にしてあまりにも浮薄なる声たち。

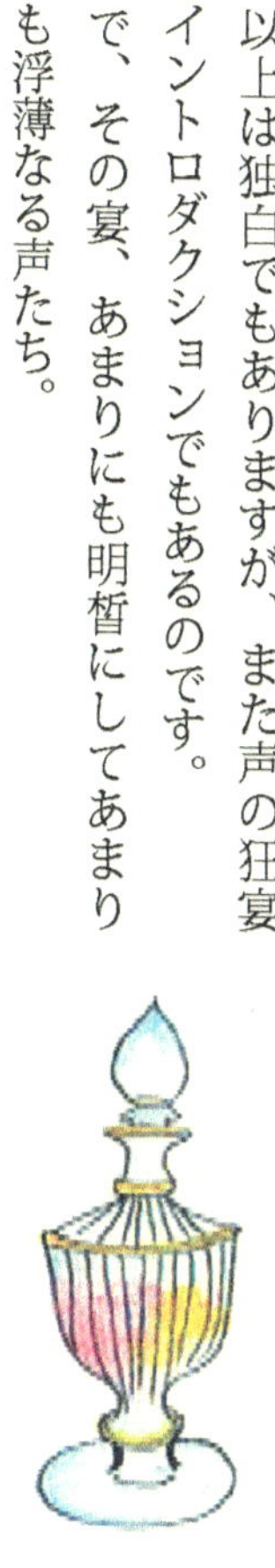

緑(み)―どりの谷の
♩博士ぇ〜〜
♪今日も能天気
　ガリガリガリと
♪　青い空が言う
　　回りながら
♪　　歌え転げ
　ながら歌えよと
♩だ〜から博士ぇ〜
あーんたこそ天使

（誰が歌っているのかはともかく、一応メロディはあるのです。

ただ文字が波打って並んでいるだけですから、各自が勝手に我流で歌って頂くしかありません。もちろん、歌いたくなんかないという方は、それはそれで結構なんです。）

ランジャ、ランジャの
　ガーランジャ
ランジャ、ランジャの
　サーランジャ
ランジャ、ランジャの
　オーランジャ
ランランランの
　ジャ、ジャ、ジャ
ランランランの
ガー
サー
オー

（鐘の音でもランジャ三部曲でもありません。そりゃあ、もちろん、何を言ってるのか見当もつきません。でも、どうでも良いではありませんか。楽しく歌えばいいのですよ。「何、歌なのか？」という非難は当然ですが、そう、歌のつもりだったのですよ。）

ワシ、ワシ、ワシの「ワシ」は誰？
誰だか知らぬがワシはワシ
ひょっとしたらアリアケの、
ひょっとせずともアリアケの
隠〜〜者とはワシのこと

（歌かどうかなんてもうどうでもよいでしょう。それに七回のワシは果たして本人であることを証明しているのか？

ここは有明島、仲々難しい問題です。隠者が自分で、「ワシは隠者」なんて言いますかねえ？）

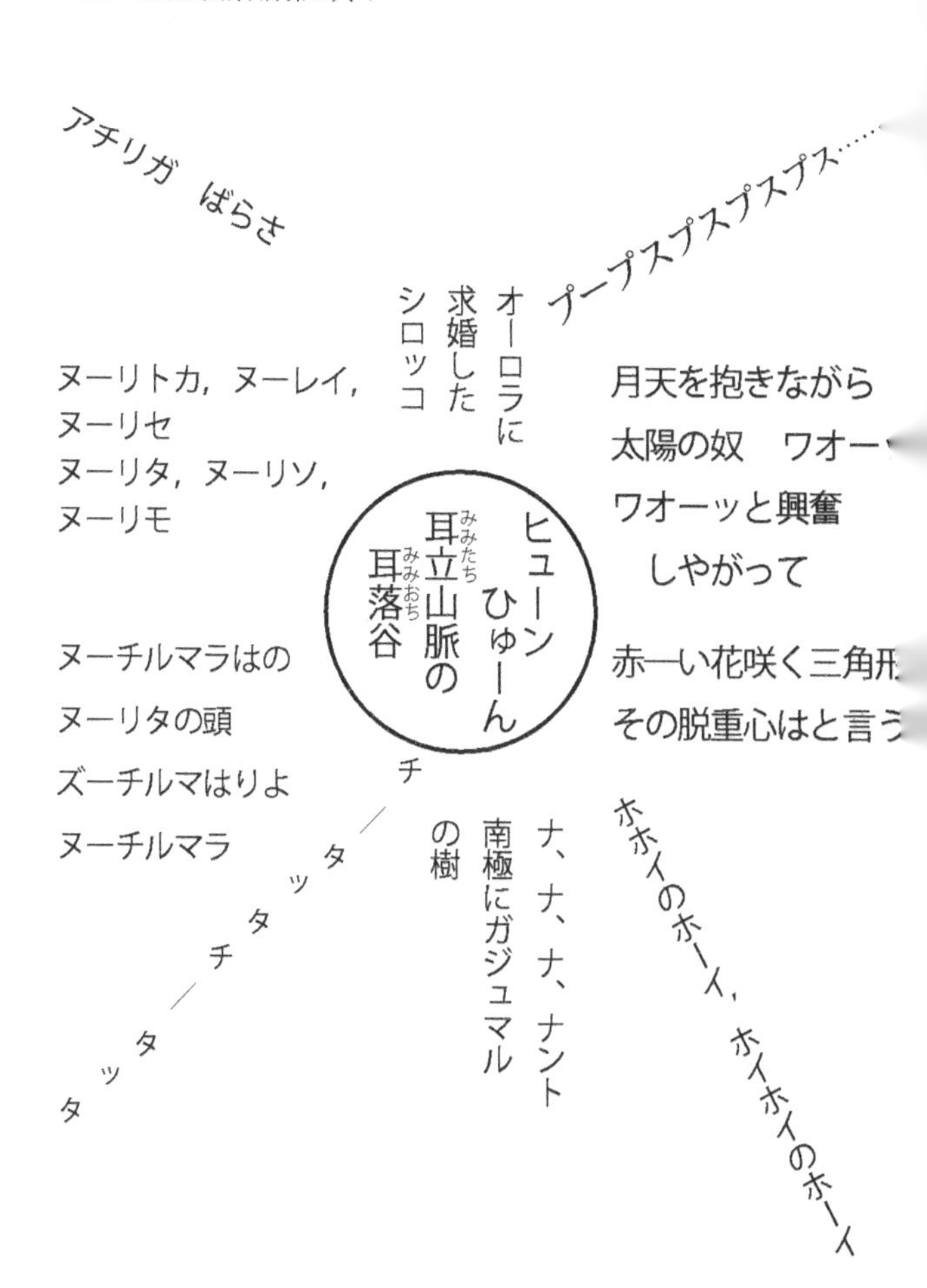
アチリガ　ばらさ
プープスプスプスプス……
オーロラに
求婚した
シロッコ
ヌーリトカ，ヌーレイ，
ヌーリセ
ヌーリタ，ヌーリソ，
ヌーリモ
月天を抱きながら
太陽の奴　ワオー
ワオーッと興奮
しやがって
ヒューン
ひゅーん
耳立山脈の
耳落谷
みみたち
みみおち
ヌーチルマラはの
ヌーリタの頭
ズーチルマはりよ
ヌーチルマラ
赤一い花咲く三角
その脱重心はと言
チ／タッタ
チ／タッタ
ナ、ナ、ナ、ナント
南極にガジュマル
の樹
ホホイのホーイ，ホイホイのホーイ

こんなに明るい常闇（とこやみ）の底では、底
は底なしに抜けていて、空っぽの
夢がグルグルと回るだけ。カッと
目を見開けば、さらに闇が明るく
照っている。

縦、横、斜め、とにかく言葉には
いつも一本の軸がある。残された
澱みの中から振り返ると、何とそ
の軸は空洞ではないか。それなの
に言葉は・・・・・。

その空洞の真ん中、空（くう）の中央を疾
駆するのは空そのものの瞋恚（しんに）。絶
え間なく噴出する怨念。これは空
へ転落することへの反意志。

闇といえばやはり地底。そして夜
の墓地に、大洋の深海。しかし、
何といっても一番は夜の鎮守の森。
ハァーイ、般若（はんにゃ）の飛翔。

そこには真紅の森！
（けれどそんな森はどこにも
無いから、真紅は比喩か絵画）

比喩ならば何の比喩？　冠水した血の神経網か、それとも季節の単なる彩か。ひょっとしたら葉鶏頭幻想？　比喩は視覚的造形の戯れ。元来、喪われた世界と身体の代補。ならば言葉は常に比喩であるしかない。

画布の上には比喩も象徴もない。あるのはただ塊、地表の、空の、宇宙の。サン・ヴィクトワール山の紅は宇宙という塊。それともセザンヌの眼が充血していただけか。いずれにせよ、裸出であるに違いない。

オッホ、どこまで続く乱反射。リズム、無意義の円軌道、平行と斜行、回転、分裂と、よくも駆けるわ、飛び回るわ、跳ね上がるわで、中心も周縁も混然一体の、無嘔吐の酔いどれ。そもそも中心への意識を忘れずにいたかどうか疑わしい限り。無軌道と無秩序の横溢が必ずや地を潤すと信じてでもいたのか。眼路遥か、地平線からこっちは風さえもない沙漠。せめて虚無の太陽がジリジリと照りつけるならまだしも、横溢そのものが蜃気楼だったと気づき、一滴の水を求めて中空へジャンプ。とっくに重心を失っていた身体は、真空に弄ばれて左に、そして右に、次は上に下にと、墜落しては浮上、浮いては嬲(なぶ)られ、引き裂かれては引き寄せられ、振り回されては抱き止められながら、オッホ、息絶える果てまで駆け上がれ。決して訪れぬ暁の手前で闇を掘れ。天頂の歌をこそ聴け。無底の哄笑をこそ聴け。

こぞりて来たれ、
光の海の底へ
バンアレンの山々を越えて

カンラ、カラカラ、カラカラカラカラ・・・・・
頬ずりしてくれようぞ
地球など

21

カトリーヌにとって五月の森は特別の場所です。もちろんカトリーヌも有明島の住人ですから、季節を意識するなんてことはほとんどありませんし、森と言っても有明島は大体が樹木で覆われていて、どこだって森のようなものです。ですがまた、山地や秘境ではもちろんありませんから、森は深くはありません。

で、とにかくカトリーヌにとって五月の森は特別なのです。何が特別かって、それは緑の樹々の呼吸、中でも陽ざしに刺し貫かれた無数の葉の繊細なさわめきがです。潤った樹々の葉が柔らかい陽に触れられて、嬉しさをかみ殺したような肢態で震えているさまはなんと言っても格別です。サワサワ、サラサラという微小な音の拡がりゆえの眩暈（めまい）、そこに露頂してくる散切（ちぎ）れた直線のような衝動、揺（たゆた）いの底から伝わってくるキィーンという谺、その感覚にカトリーヌの身体（からだ）が感応するのです。白い裸身の毛穴という毛穴が泡立ち、血管と神経は顫動します。そして、それが脳の天頂から足の爪先までを繋ぐ一本の垂直線になった時、カトリーヌの肉体がカトリーヌの意識を犯すのです。意識と言ったって所詮表層的でしかありませんが、カトリーヌの場合、自ら自身の裸身に溺れている分だけそれが残留しているのです。けれどそんな意識は輝きに満ちた肉体によって簡単に克服されます。

その輝きは、肉体の奥底から表面の皮膚へ湧き上がってくるのではなく、反対に全身の皮膚がまず熱い興奮の中で騒ぎ初め、それが毛穴や脂肪へと伝わり、神経や血管を侵すことによるものです。サワサワと樹々の緑が陽を受けて、世界を眩暈と化した後の、空気の澄んだ寂寞、それに裸身の肌が戦いて輝くのです。

最初、肌は山の泉のような冷たさを感じます。その冷たさを裸身は肯い、毛根が未踏の森の朝露のように目覚め、繊毛を未生の風が駈けていきます。肌の直ぐ下の海綿状の組織は波打ち出し、やがて訪れるであろう沸騰を予感します。この予感が大脳半球のどこまでも蒼い草原に伝わりその空をも震わせます。

　その時からです。カトリーヌが自分の裸身を撫で初めるのは遍在する光に満ちた裸身です。どこにも直線や平面はなく、曲線とゆるやかな弓状の無数の面からだけなっています。裸身を撫でる指の腹も無数の溝となだらかな起伏からなっており、薄紅の光沢さえ湛えています。その指は右手の中指一本だけがまず動き出し、左の太股の内側の面をそっと下から上へ撫で上げます。孤を描くようにゆっくり股間の薄い表皮へと這わせていき、中指の跡を追いかけようとする薬指の欲望は何とか抑えられています。カトリーヌは何か喉下(のどもと)にこみ上がってくる液状のものを感じます。

　次に、同じ右手でも圧点の強い人差し指を中指に添えて、右脚の太股の外縁部を下から上へと導き、そのまま右の臀部の底辺へと向かわせます。その際、カトリーヌの唇は微かに開かれるようでいて閉じられたままなのですが、魔法の二本の指が臀部の底辺のさらに奥へと延ばされていくと、潤った唇からは耐えかねたようにウッ、ウという声にならぬ声が漏れます。隠(こも)ったたまま脳の空洞に響くその声がどんな指示を出すのか、今度は薬指一本だけが底辺から外周、外周から底辺、底辺からその奥所(おくが)へと進んでいき、もっともっと深い所を探ろうとします。しかし、それ以上は、指は潜ってはいけませんから、一旦潜行は放棄されることになるのですが、カトリーヌの方はもう唇を閉じたままでいることはできません。潤って濡れたその先端から、小さく、けれどはっきりとアッ、ア、アと美しい呻きが零(こぼ)れます。青いさざ波が眸に立ち、背に一瞬強い衝撃、鼓膜には五月の瑞々しい風、カトリーヌの裸身は少しずつ崩壊していきます。

カトリーヌは、赤い実のついたウグイスカズラを枝ごと折り取って右手に握り、それを項から左の肩の稜線、脇、そして乳房の外側を掠めて脇腹へと下ろしていき、下腹部へとゆっくり回し、今度は逆に臍(へそ)から鳩尾(みぞおち)、両の乳房間の谷間、首から顎へと這わせます。唇は開き切って喘ぎ、顔全体は斜め上方へ突き出しています。臀部の肉の硬直が下肢に伝わり、踵は浮いて爪先立ちの状態です。

おそらく小さな峠を越えたのです。もっと高い頂が求められることになります。カトリーヌはウグイスカズラの赤い実を潰し出しました。引きつったような微笑を浮かべて潰していき、数十個も潰した頃には両手の指も掌も真っ赤に染まり、腕や顔にまで赤い汁が飛び散っていました。その赤い斑点の一つ一つが白い肌にいっそうの輝きを与えます。疼が堰を切って溢れ出てきました。真っ赤な裸身と化したいという疼です。それで、赤い汁で濡れている右手の掌を椀状にして左の乳房の円錐を、左の掌ではもう一方の豊かな丘を、下から包み隠すようにして蓋をします。喘ぎの中で何度も揉み上げ、揉み上げるたびに足の爪先から跳ね返ってくる神経の律動で失神しそうになります。自身の断続的なよがり声が大脳半球の遠くへと反響します。そこには瑞々しい風がふいて。

カトリーヌは、左手を乳房の谷間から鳩尾辺りへ、右手を首の付け根から頤の方へ移しますが、右手のすべての指はまるで悶えているようで、また、下へ下へと幻を追いながら下りていく左手は熱い結晶点となっています。むろん両方の手とも真っ赤に濡れ、掌もべっとりとしています。

　その両手のさらなる欲望。狂おしいまでに冷ややかな意志を持つ指、その指の触知を。首を締めていく右手にはいっそうの力が、左手の指は臍(へそ)のずっと下、下腹部の突端のなだらかな丘の上やその裾野、裾野から再び丘の頂、頂から麓をとまさぐり、まさぐった後は指の腹で丘陵を撫で上げる。カトリーヌの全身に硬直したまま崩れ落ちる感覚が走り、緑の脳天には哀切極まりない途切れ途切れの喜悦の谺が交錯する。網膜の彼方の白い裸身の背景には、十本の巨(おお)きな指が輝いている。赤く点滅しながら。

　アッ、ア、ア、ア〜〜。

迸(ほとばし)り。

脳の蒼天の緑の谺。

消失点へ。

裸身の消えてゆくきらめき。

その時、苦悶の表情を浮かべたカトリーヌの左手の指は、丘陵の深い谷底、黄金色の森の中にありました。

以上がカトリーヌにとっての五月の森です。

22

雪之丞はある種の感覚、空間に対する直覚のようなものを異常なくらい強く持っています。単なる外気に関してでも、晴れの日、曇天の日、雨の日（もっとも有明島では少ないのですが）それぞれによって空間の濃度や密度は違いますし、同じ晴れの日でも時季や場所、光の加減によって違っており、当然、山、丘、森、草地、海岸でははっきりした違いがあり、まして風の収束や湿度、植物の蒸散も関

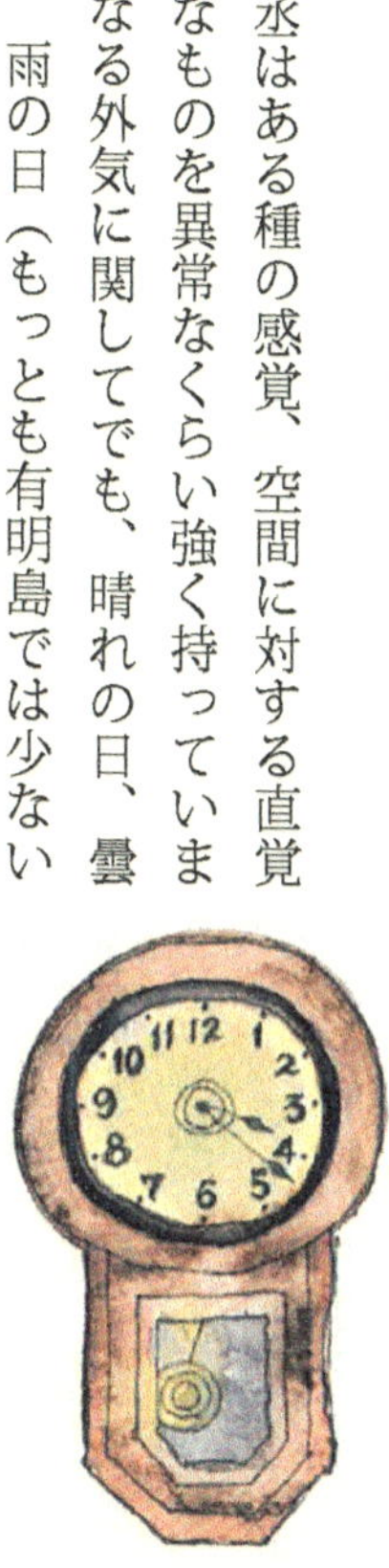

係してきますから、一瞬たりとも同じ密度の空気なんかないのですが、多様なこの変化の一つ一つ、さまざまな気（き）を雪之丞は鋭く直覚するのです。それらをどこで感じ取っているのかというと、耳からは音の裸形（らぎょう）を、額の皮膚で空気の揺れを、そして嗅覚の先端からは匂の元素をです。

　ある日、雪之丞は幻夢館の裏に立っている背の高い二本のハルニレの樹の間で、直立して眼を閉じ、しかし全身からは力を抜いて気を呼吸していました。静止して微動だにしない風景、鳥の囀りや風の擦過すら融け込んでしまっている風景の底で、ただ凝（じ）っと佇み、まるで、やがては小さな点となって最後には消えてしまうかのように立っています。身体は一つの垂線となり、肉の厚みは剥ぎ落とされています。もちろん肉体は、あることはあるのですが、それが一本の直線に化したようなのです。本来曲線ばかりから構成されているはずの肉体が、一本の垂線として直立して存在し、そこには本質と呼ばれるような何ものも含まれていませんし、現象というどんな外化も表現されていません。

雪之丞は眼を閉じて立っています。枝を大きく拡げ、上へ行くに従って左右に斜めにと何本も分かれていき、やがて鬱蒼とした葉の茂りとなるハルニレの樹、その下蔭では涼し気な風もピタリと止まり、落ちたその風を額で受けて凝っと佇立しているのです。それは雪之丞が落ちた風を感じているというよりは、風の息が雪之丞の額で休らっているといった方がいいかもしれません。もともと風は澄んだ湖面や山蔭でひっそり休らうものですが、いまは二本のハルニレの樹の気を吸い込んで立っている雪之丞の透明な額で休憩しているのです。風はそこに止まって、渡ってきた山や森、草原や谷の夢を食(は)みます。巡ってきた蒼穹の洞(ほら)や山間(やまあい)、明るく輝いて開けた草地や冷んやりと空気が揺れている湿地、そしてこれから巡るであろう漆黒から純白へとさまざまに変化する山の頂の夢を。真夏の高い空の裏側への飛翔、緑萌える連山から連山への疾駆、落葉の森の中の陽溜(ひだま)り、草原からの芳醇な誘い、山蔭の静寂を映した湖への挨拶、そうして過ぎてきた山や森への祈り、そんな旅程の数々。

どれもが雪之丞の額に映っています。閉じた眼の眸の裏に映っているのではなく、また脳裏に拡がっているのでもありません。額の表面に、そしてその真裏に、だから表も裏もない所、限りなく薄くて深い表皮の無限に映っているのです。ハルニレの気を吸った雪之丞は、そのハルニレへと還ってきた風のすべての軌跡を夢見ているのです。

ハルニレの樹が放つ気には風の巡りの匂も溶けています。それは光や清らかな水の香ではありません。また乾いた冷気や野面の花々の濃厚な香でもありません。それら全部が一つになった無穢の、地平の果ての空の屈曲までをも柔らかに織りたたんだ匂、そのうち懐かしい響きすら聴こえてきそうな、そんな匂なのです。まるで二本のハルニレが大気全体へと大きく腕を拡げ、風の駆けりが運んでくるものの中で深呼吸をする、その時の空間の清冽な転倒のような、そんな感覚、そんな匂です。

雪之丞は自分がハルニレと一体となっていることを感じています。洗われた自分の身体の洞では風が通っています。地平が遠くで立ち上がったり伸びたりし、空もしなやかに体を捩っています。姿のない生き物たちの声が唱和のまま谺となって響いてきます。

裸形の耳の洞、その深い無限には気圏の輝きさえ映っています。真昼の高原に風を駆る緑色の馬たち、山々の紫がかった蜃気楼、雪渓の底に拡がるヒメレンゲの黄色い花園と陽炎の揺れ、そして針葉樹林地帯を過ぎて極圏へと消えていく青いサファイヤの眼をした鳥たち、これらもまた。そう、どこまでも続く砂のアラベスクや裸身の女神たちの髪に舞う波濤の泡までも。

雪之丞の裸形の耳は、これらすべての風景を聴いているのです。風景を見ているのではなく響かせているのです。眼の水晶体が収縮しているのではなく、耳の洞の奥、コルチ器官の繊毛が振動しているのです。遥か遠くからの谺が繊毛を揺らし、同時にハルニレの樹の幹の中からの滴るような声が繊毛体を撫でるのです。

いいえ、雪之丞には未だ訪れぬものさえ聴こえます。過ぎ去り過ぎつつあり過ぎていくだろう時間の裏側で舞っているもの、全時間の断崖の彼方で流れているものがです。

耳は巨大に全天へと伸び、それは雪之丞をいっそうの裸形の点とします。二本のハルニレの樹の間に立っている雪之丞は、本当に雪之丞なのか、交錯した枝がつくる影ではないのか、いや、ハルニレの樹こそ裸形の幻影ではないのか、寂莫（じゃくまく）さと一体となった谺が　キィーン　キィーン　と立ちます。雪之丞はスーッと中空に浮上します。

23

有明島は今日もいい天気です。むろん雨の降る日や風の強い日、陽射しの強い日だってあるのですが、いつもいい天気、と言う方がいかにも有明島にはぴったしなのです。それに島民も同じようなもんで、大抵の者が能天気です。ただし、頭が空っぽということではなく、その逆であまりにも充ちた大脳（おつむ）で当人たちにも収拾がつかないぐらい、自分で自分の外側に出てしまっているということです。自分の外側に出る？　まあ、早い話が自分といったものがない、有るのか無いのかよく分からないということです。ですから、自分というものを基準にした場合の他人というものもない、「えーいクソッ、誰がいてもいなくてもいいや」ということです。

例えば、ガリ博士はガリ博士かもしれないのにぜんぜんガリ博士でなく、またガリ博士から見て隠者や梅ばあちゃんが存在するのではなく、だって隠者や梅ばあちゃんにしてもやっぱり、ぜんぜん隠者や梅ばあちゃんではないのですから、隠者はカトリーヌを自分以外の他人として捉えるなんてことはないし、梅ばあちゃんも自分の外側にカー坊を見てるわけでないことはいうまでもなく、誰にしても自分という内側がないままに外側へと出っぱなしなもので、外側だけならもはやわざわざ外側に出ているなどと断る必要もありませんから、皆、自分の外側に出ているようでいて、実は外も内もなく、俺はオマエでないからと言って俺ではないし、オマエは俺でないからと言ってオマエのままというのでもないのです。そもそも自分の外側に出た時からすでに自分は剥げ落ち、落ちればその外側もクソもあるはずがなく、結局は自分や他人と言ってみたところで言葉幻影（まやかし）にしか過ぎないのです。

「じゃあ、有明島で暮らしている面々はいったい誰なのだ？」と、当然御尋ねになるでしょう。そうですねえ、強いて言えば何者でもないし、仮に何者かであったところでちっとも構やしない、何者かであった方が座りが良いというのであれば、それこそガリ博士であり梅ばあちゃんでありカトリーヌでありカー坊等々であるのです。当人たちにすれば、自分がガリ博士でも爺でもイブン＝バツゥータでもありながら、隠者やガリ子やポランスキーであり、しかも梅ばあちゃんや雪之丞でもあるかもしれず、それどころかミドリッコや熊の三太夫であったところで、それはそれで随分楽しいことで、楽しければ自分や周囲（まわり）の者が何と呼ばれようと、ただハイ、ハイ、ハーイ、ヤー、ヤー、ナインと歌うように応じればそれで事足りるという感覚しかなく、たとえ事足りなくても別段それで困った事態に陥るわけでもありませんから、こっちにいる梅ばあちゃんがいつでもあっちのカトリーヌやサッちゃんであっていいし、その辺にいるイボ助やオランジャが、どの辺にいるかいつも不明のガリ博士であったところで、空はいつだって晴れ、有明山はいつものんびり眠っています。

しかし、顔貌（かおつき）や体格（からだつき）はそれぞれ違っているからその違いから自他を区別できるのでは、とおっしゃる御仁（ごじん）もいるかもしれませんが、それでもよく考えてみて下さいよ。誰にしろ自分で自分の顔が見えるわけではありませんから、相手を見た時、その顔が自分の知覚として跳ね返ってき、それを自分だと思ってもちっとも不都合なことはありません。まして自分という意識が欠落している有明島の住民ですもの、見る対象が変われば自分の方もあっさりと変わってしまう百面相、顔貌の違いなど何の目安になるものですか。

だいたい目安なんてものはどこか別世界での考え方、見方であって、有明島の住人たちには屁のカッパ。具体物を秩序化する作業やそれを客観的表現として整えるなんてことは全く学習していませんから、いや、学習しようという気もありませんから、命名とかその上での自他の区別とかについては何、のこっちゃと能天気。

有明島はいかにも祝祭めいた島ですが、実は島全体が明るい静謐（せいひつ）さに浸されシーンとしています。まるで島全部を使って皆が皆、鬼になった隠れん坊でもしているかのようで、特に晴天の日の真昼時がそうです。もちろん島民たちは島のどこかにいるのですが、それなのに島そのものが昼寝をしているような感じなのです。青い空から有明山、有明山から裾野、海岸から蒼い海原へとシーンと静まり返っています。でも、そのシーンとした静かさの底にさまざまな音の胎動や嬉々として待機している声が駆け回っているのです。それに永遠の退屈そのままに浜辺を洗う波の音も。それらを聴きながら知らんぷりなのが有明山。

何にでも知らんぷりでないのは、ガリ博士、何にでも参加したがる梅ばあちゃん、カー坊はいつもふらふら散歩していますし、爺は有明山の頂上が好き、ガリ子やイボ助はほとんどじっとしていることがありません。ガランジャやオランジャは有明島精神（そんなものがありゃしませんがね）の研究に忙しく、それでもしょっちゅう女の子たちの尻を追っかけていますが。イエスやブッダのお喋りやモロイや雪之丞の寡黙、これらだってシーンと深い島の谺の二つの様相と言えますし、イブン＝バツゥータが天に向かって何か祈ったり、ポランスキーが詩を呟くのも、のんびりと静かな島の伴奏のようなものです。あのカトリーヌの狂態や恥態だってそうです。その豊かな裸身を有明島そのものに曝して悦び興奮しているのですから。

　有明島はシーンとして無数の奇声や叫（おら）び声を包んでいます。狂躁（きょうそう）は静謐をこそ舞台として演じられるのですから。高い蒼穹の下の深い沈黙、響は流れ、音は湧き立ち、幻聴が滑り込み、言葉が空転する。響は空の彼方、音は眠りの底、幻聴は大脳（おつむ）のどこか遠い所から、そして言葉は無底の穴からやってきて。これら彼方、眠り、遠い所、無底が舞台の形式、その透明な枠組なのです。そこでは聴覚だけが変奇するのではなく、それに合わせて視覚や皮膚感覚も裏返り、何よりも身体そのものが内側から解体されます。解体、それは身体が統合性や同一性から解き放たれて自在な運動能力を手に入れること、身体の各部位それぞれが連帯や協同を拒否して勝手な動きをすることです。

混乱や無秩序は、何よりもガリ博士にとって格好の舞台です。自分でありとあらゆる役廻りをこなしながらの御乱行、時々は拍手喝采の側にも回るものの、そのうち自分でもどっちなのか分からなくなり、いいえ、分からない方がもっと楽しいのか、上から、横から、下から、とにかくどこからでも叫び、丸出しの尻にかぶりつき、真裸のままの疾走や一人での輪唱に四苦八苦、四囲の空間の壁を押し続けてそれをどんどん拡げていこうとする、由のわからぬ動作の反復、そんな祝祭劇です。

ならば、当然他の島民たちだってそれぞれ勝手の奇想劇に変態劇。万華鏡のような美しさはまず有りっこありませんが、万華鏡のような錯乱はたっぷり。何とまあ、朗らかな能天気たちでしょう。

有明島は明るい、明るい滅びの島です。そして沈黙の交響に充ちた島です。そう、何よりも記憶の失われた島です。記憶というものがあった頃は、だから記憶が記憶されていた頃は、確かに世界は自ら戦(おのの)いていたかもしれません。しかし、今はもう、世界なんてもの探しようがありません。

有明山の山頂で風に乗りながら走り回っている者があります。猥雑な顔して叫(おら)んでいるようです。アッ、ガリ博士です。博士がまたアッカンベーとばかりに遊んでいるのでしょう。ひょっとしたら遥か海原へと向かってジャンプしようとしているのかもしれません。

[1] モロイ　サミュエル・ベケット（1906-1989/仏・作家）の小説『モロイ』に登場する人物。『モロイ』はベケットの小説三部作のうちの第一作にあたる。『モロイ』は二部構成の作品で、一部は、モロイが自分の唯一の肉親である母を探し旅に出るモロイによる記述。二部は、そのモロイの探索に出かけるモランによる記述となっている。

[2] マゾッホ　レーオポルト・フォン・ザッハー＝マゾッホ（1836-1895/墺・作家）。マゾヒズムの語源となった作家。代表作は『毛皮を着たヴィーナス』。精神的あるいは肉体的な苦痛に快楽を感じる倒錯は、精神科医クラフト＝エビングによって、1886年に著書「性の心理学」でマゾヒズムと名づけられた。

[3] イブン＝バッツータ（1304-1368/モロッコ）　マリーン朝のベルベル人。探検家。30年間に渡ってイスラム世界、非イスラム世界を旅する。彼の旅した地には北アフリカ、アフリカの角、西アフリカ、東ヨーロッパ、中東、南アジア、中央アジア、東南アジア、中国が含まれる。イブン・バットゥータは史上最も偉大な旅行家の一人と考えられている。

[4]「インドに降るモンスーン～シオンの花嫁たちはパゴダの下に集い……」地理的・物理的に考えて、インドの雨季の嵐がイスラエルに吹いたり、死海にヒマラヤの雪解け水が流れてゆくことはない。ここではブッダとイエスがいかに歴史的に同じよ

うに造形されていったかということを、ブッダ的表象とヘブライ的表象を交わらせつつ、以後の両者の対話を予示している。

5 インドラ神　バラモン教・ヒンドゥー教の神の名称。仏教に取り込まれてからは、仏教の守護神である天部の一尊である帝釈天となった。

6 バルザック　オノレ・ド・バルザック（1799-1850/仏・作家）。90篇の長編・短編からなる小説群『人間喜劇』を執筆した。フランス社会史全体を俯瞰する巨大な視点と、人間の精神の内部を精密に描く写実的な小説が特徴。代表作『ゴリオ爺さん』『谷間のゆり』。

7 「モロイはどうして溝なんかに落ちた」　ベケットの三部作の二作目『マロウンは二度死ぬ』は、前作『モロイ』で森の溝に落ちて意識を失っていたモロイと思しき人物が誰かの家の二階に寝かされている。

8 フーガ（Fuga/伊）主題とその模倣（応答）が交互に現れる、対位法による多声音楽の形式。遁走曲。追複曲。

あとがきにかえて

本作は、江口慶一郎による小説作品『有明島精神病棟の人々』です。
本来であれば、作者である江口によって何らかの巻末言解説が書かれていたのかもしれません。しかし、平成二十九年一月七日早朝、夫は帰らぬ人となりました。

平成二十七年に『虚の声』を上梓した時から既に病床にあった江口は、本作の刊行を長い間切望しておりました。本作の原稿はすでに二〇年以上前には出来上がっておりましたが、江口本人の希望で『新世紀サーカス「熊チン山騒動記」あるいは〈透落〉』(新風舎)、『虚の声』(櫂歌書房)の出版を経てこの度出版する運びとなりました。その間も、夫として父親としてまた息子として絶えず家族の声に耳を傾けながら、言葉による表現を模索し続けて参りました。

『有明島精神病棟の人々』は、不思議な物語です。とくに大きな事柄が起きるわけでもなく、奇妙奇天烈な住人たちが銘々に生きています。イエスやブッダ等の歴史上の人物とされる者たちから（実際の人物なのか本作ではあまり重要ではないように思いますが）人間ではない者たちまで、様々な言説が繰り広げられます。そこに立ち現われるのは、言葉や論理によって分節される、人間世界とは異なる世界です。精神病棟とは言っても、彼らは隔離されているわけでもなく、治療対象として経過観察されているわけでもありません。言葉によって分節される世界から離れた世界は狂気なのか妄想なのか、というところが本作の読みどころなのかもしれません。それゆえ、有明島の住人たちからすれば、人間世界の方が隔離された狂気の病棟なのかもしれません。

この本を上梓するにあたって、校正の段階から惜しまぬ協力をしてくれた義妹の江口由美子氏、長女の暁子に感謝します。

それから、病床の夫を何度も訪ね励ましてくれた畏友、児嶋勇次氏、そして義弟の江口雅人氏にもあわせて感謝申し上げます。そして、最後に今作でもご協力いただいた櫂歌文庫の東氏にも感謝致します。

注釈を次男の拓宏、挿画を長女の暁子が担当いたしました。

江口　文惠

著者　江口慶一郎
編集　江口由美子、江口知宏、江口暁子、江口文惠
注釈　江口拓宏
挿絵　江口暁子

著者紹介

江口　慶一郎　(1952 － 2017)

詩人・評論家。
福岡県生まれ。以後、長崎、福岡、東京と遊歴。
故谷川雁（詩人）に師事。

27歳で最初の詩集『風の修辞』を発表、
29歳の時『島尾敏雄論』、
30歳で『戦後文学論』。
その他、詩、評論の小片を数多く執筆。

2001年『新世紀サーカス「熊チン山騒動記」
あるいは〈透落〉』（新風舎）
2016年『虚の声』（櫂歌書房）

言葉の中を彷徨い、その言葉に身心を賭け続ける

有明島精神病棟の人々

二〇一八年一月七日　初版第一刷

著者　江口慶一郎
発行者　東保司
発行所　有限会社　櫂歌書房
〒八一一―一三六五　福岡市南区皿山四丁目一四―二
TEL０９２-５１１-８１１１
FAX０９２-５１１-６６４１

発売所　株式会社　星雲社

e-mail: e@touka.com
http://www.touka.com